GAEA

Gaea

兔俠
vol. 8 深海母艦
護玄——著

vol.8

目錄

人物簡介
CHARACTERS

青鳥．瑟列格▼第六星區

金髮碧眼、擁有一張娃娃臉的20歲熱血青年。喜愛正義、討厭壞蛋，夢想成為正義組織的一員！

琥珀．沙里恩▼第六星區

黑髮，擁有罕見湖水綠眼眸的16歲少年。個性冷淡、有點不善交際。

兔俠▼第七星區

處刑者。性別男，大白兔布偶，白毛紅眼睛。非常認真嚴肅，忠於自身信念。

黑梭▼第七星區

處刑者。黑髮褐眼，變化後轉為紅眼。看似輕佻，但其實相當會照顧人。

茆・菲比▼第六星區
處刑者。金棕色的長髮與雙眼，是個可愛的少女。
開朗、大而化之。對自己人很好，有點排外。

沙維斯▼第六星區
霸雷能力者，曾失去一段記憶……
眼與長髮都是淡灰色。冰冷不易親近，堅守正義。

噬・巴德▼朱火強盜團
朱火團長之一。黑髮褐眼，左臉有火焰圖騰。
為了達到目的，可以使用任何手段。

美莉雅安奈・巴德▼朱火強盜團
朱火副團長之一，橘髮褐眼，左臉有火焰圖騰。
冷漠高傲，只服從噬的命令。

波塞特▼第六星區

芙西船員。炎獄能力者。年幼時曾被擄至實驗室進行研究。
個性大而化之、容易衝動的熱血青年。

海特爾▼第六星區

波塞特兄長，在佩特的餐廳當服務生。
個性溫柔親切，但體內被藏有「鑰匙」而生命遭受威脅。

第一話▼▼▼再次返回

一陣呻吟打斷了他的淺眠。

他記得這樣子的聲音，每當午夜時，那些實驗體忍不住疼痛便會發出像是哭泣般的悲鳴，即使已經喪失意識，實驗體依舊會因爲本能發出這樣的聲音——那種無法向別人訴說的深沉痛苦。

從一開始的懼怕，到後來的習慣，接受這樣的痛鳴所花費的時間比自己想像的還要短，但是想要忘卻，卻比自己所想的還要費時，至今仍無法遺忘。

海特爾迷迷糊糊地睜開眼睛，過了幾秒才意識到自己是在第七星區的強盜巢裡，而非很久以前那間實驗室。

從小床上爬起，他推開房門，很快就發現奇怪細小聲音的來源——走廊上有一陣風，像是有生命似地圈繞成一團，時強時弱地收縮著，發出了像是呻吟一般的異聲。

這個地方他只知道有位風能力者能夠辦到這種事，雖然睡前那人還處在嚴重的昏迷狀態。

海特爾打開柏特所在的房間，立即感覺到房內有幾縷非常不安定的氣流，雖然很微弱，但顯然正被控制著。

這只代表一件事。

「你醒了嗎？」海特爾走近依舊處於持續治療狀態中的修復儀器。其實很難分辨躺在裡面的人究竟有沒有醒，除了全身燒焦之外，眼皮也大半被燒燬，且舌頭與眼睛仍無法完全恢復，只要稍微好轉，又會立刻變成被焚燒的慘狀。

海特爾知道自己的兄弟那時候處於極端能力狀況，強盜們告訴他，柏特直接接觸盛怒之下的炎獄，最劇烈的火苗種在他體內，燒灼得連醫療儀器都趕不上焚燬速度，只能勉強先保住性命，讓強盜們好對第六星區的合作對象有個交代。

看著醫療艙裡的焦黑青年，海特爾的確感覺到身邊的風又浮動了下，而且開始往他周遭收攏，散發出攻擊的意圖。「我並不是你的敵人，這裡已經是第七星區，你正在被治療著。」不知道對方有沒有聽見，那些風並沒有因此停下，反而越發收緊。

正想著該怎麼和傷者溝通時，一邊的陰影中走出了黑影的貓，甩著尾巴的貓走到治療艙邊上後，一絲細影竄進治療艙內，攀上傷者身體，很快地，房內所有的風全都靜止散去。

「你這麼禮貌和他說話是沒有用的，先別說他聽不見，他現在的精神恐怕也已經與正常人不同。」黑貓在一旁坐下，粗嘎的聲音慢慢傳來，「從你弟燒灼他開始，估計他的意

識早已崩潰，一般人是無法忍受那種無時無刻且漫長的焚燒痛苦，連自己在這裡做什麼都不知道。」

「他會好起來嗎？」看著不成人形的青年，海特爾有點愧疚，畢竟下手的是自己的弟弟。雖然他們在立場上算是敵人，不過要死也該給個痛快，這麼拖著一口氣被不斷反覆焚燒，就連他這種旁觀者看了都覺得膽顫心驚。

「如果你弟拔除能力或許會好，不過會像先前那樣嗎？誰知道，我們不關心這種事。」黑貓歪著頭，打量著海特爾。「你也不須擔心，送回第六星區後，他的死活會由他家族處理，他可是聯盟軍軍事勢力的小孩，待遇差不到哪裡去。」

看黑貓似乎沒有立刻離開的打算，海特爾在一邊坐下，「他究竟是怎樣的人？我聽青鳥他們說過，這人原本應該是他們同校的學長。」不過就是個年輕學生，怎麼也會捲進這些事裡？

「算是挺認真的人，和他家族懷抱的野心不太一樣。」

不知道是不是心情不錯，黑貓回應了海特爾的詢問，「他想要的和他們的家族不同，我記得他還滿憤怒和我們合作這件事，只是在某部分來說，他認同我們的目標，當然也有他身分的原因，所以才被派過來。」

「你們究竟想要做什麼？」海特爾還是摸不清楚這些強盜的目的。

雖說是朱火強盜團的一員，但這些人似乎沒有那麼壞，他後來開了清單的物品也全數幫他準備好，而且品質出乎意料地很上等。如果眞的壞得很徹底，是不會留意這些的。

「你喜歡現在的世界嗎？」

黑貓沒有回答對方的問題，反而問了新的問題。

「爲什麼這麼問……也無所謂喜不喜歡，只要和家人朋友在一起，我覺得就已經很好了。」海特爾的心願眞的不大，他就是不想要再像幼時一樣，只希望每個人都好好的，別再受傷害。

「這不就是很普通的答案嗎。」黑貓啐了聲。

「但是卻很難做到呢。」海特爾苦笑了下。

黑貓盯著他看了半晌，站起身，「我大概知道爲什麼寇奇會把你們留這麼久了。」

又聽見熟悉的名字，海特爾縮了縮身體，內心依舊反射性感到害怕，「你們究竟和他有什麼關係？」

「嗯？寇奇沒說過？」黑貓又歪側腦袋。

「什麼？」海特爾腦袋一片問號。

「他的家人。」黑貓語氣平淡地開口。

海特爾愣了下，差點反應不過來那四個字的意思，等他意識過來，才赫然驚覺黑貓的話代表什麼，「你是……可是寇奇說過他的家人妻小都被殺了，他是最後一個……」

「我在垂死時顯露出能力，身體自內開始潰散成陰影；清醒時，已經異變成這樣，他大概不知道我還活著吧。」黑貓有些不在意地說道：「嗤幫我很多，他花很多年打聽到寇奇的下落。我趕往實驗室，沒想到他已經被處決了，在他們移走所有資料前，我潛入複製一份，還帶走許多實驗室不知道的資料，包括你們的一些隱藏檔案在內，例如和你體內相關的那些，還有你們實驗的更深入部分。」

海特爾收緊有點顫動的手指，深深吸了口氣，想要壓下反射性的嘔吐感，「所以你是……」

「我是他的兒子。」黑貓說著，身體慢慢抽高向上拉長，最後成爲一個人類的陰影形體，「雖然他對我們做了很多事，但不得不說，寇奇確實是非常優秀的研究者，但他的成果太引人注目，又貪得無厭地在黑市中四處販售成果，才會被實驗室盯上。某方面而言，我們會被殺害，全部都是他的責任。」

「可是他……」海特爾想起了寇奇每年特定時間的作爲，正想說點什麼，人影便抬起

手停止他的話。

「我有實驗室內的資料，也有記錄影像，你要說什麼我都知道。寇奇對我而言已經是個過去記憶，現在我唯一想要奉獻的對象只有噬，噬想要做的我都會替他完成，其餘的完全不重要。」人影不帶任何情感地說著：「在眞相之前，這些個人私事只是很普通的小事。」

「眞相？」海特爾相當疑惑。

其實他一直不在這些事情的中心裡，雖然幫著波塞特協助兔俠他們，但他不是很明白處刑者們眞正想做的，也有可能是他下意識不想弄清楚，所以並沒有很認眞去梳理全部的脈絡與關係。

「你知道哈爾格嗎？」人影在海特爾面前坐了下來。

「是朱火的前身，對吧。」這點常識海特爾還是有的，在海港工作那麼久，客人的聊天話題他基本都知道，還能搭著聊上幾句，「也有人猜測他們是塔利尼家族的後裔。」

「那你知道，爲什麼塔利尼家族會消失嗎？」人影再度問。

「……這部分好像沒有詳細的記錄。」海特爾搖搖頭。聯盟軍歷史上並沒有提到塔利尼家族的消失，只知道這個五大家族之一，是某時期突然衰敗，之後再也沒有下落，也完全沒有其他後人的消息，近年只有哈爾格被謠傳是塔利尼家族的後裔。許多人猜測，塔利尼家族應該就如同現在的安卡家一樣，因為家族內部分裂，提早衰亡，所以才未被記錄。

不過海特爾聽過其他客人反駁這個猜測，因爲塔利尼的記錄太少，於是有些人推測應該是遇到打擊，例如聯盟軍們不敢寫在記錄上的政治打擊，所以隨著時間淡化一切。同樣地，亦有人猜測塔利尼家想要併吞其他家族卻失敗之類的，謠傳紛多。

人影冷笑了聲，緩緩開口——

「那是因爲，塔利尼家族，遭到了毀滅性的大屠殺。」

海特爾驚愕許久，然後才確認自己聽見的的確就是那樣的意思。

「可他們是五大家……」

「這些家族盤踞在各自的土地上爭鬥不休，還會在意對手是不是同爲古代家族之一嗎？」人影打斷海特爾的話，無溫地說著：「除了眞正沒求過回報的那個家族，現在檯面上的不過都是一些忘恩負義之徒，死不足惜。」

「我不明白……」海特爾搖搖頭，覺得思緒有些紊亂，「你說的應該是大家口中的第一家族吧，那究竟是怎麼回事？」

「你有興趣嗎？」回應海特爾的不是影鬼的聲音，而是不知什麼時候站在門邊的第三人。

「噬，說過幾次別無預警出現在我的能力範圍。」影鬼轉過身，語氣有點無奈。「分辨不了會讓我誤判成敵人。」

「反正你也攻擊不了我。」男人絕對自信地冷笑了聲，然後抬步走到醫療艙邊上，看了眼裡頭的焦黑傷者，接著將視線轉回另兩人，「難得雷利對外人這麼有興趣，我就知道你那麼賣力研究寇奇的資料還有其他想法。」

「你想太多。」影鬼對那說法嗤之以鼻。

「雷利取得寇奇的記錄時，很認眞計算過宿主不死的可能性，所以我們才知道你必須死，因爲他也沒有絕對安全取出的把握。」噬指著人影，很隨意地對海特爾說道：「所以你也只能好好地去死。」

「呃……謝謝你們。」海特爾不知該怎麼反應，很老實地道謝。

「……」影鬼無言地融入地面，身形完全消失在陰影中，「噬，你自己聊吧。」

「這傢伙不善和外人接觸。」噬聳聳肩，「他知道你們是寇奇的研究品時，徹底把所有資料反覆研究很多次。寇奇在死前將大多資料封閉隱藏，解密的人稍有不愼就會反噬全毀，他特有的藏匿方式只有雷利能完全解開，畢竟他們都是『頭腦』，也是最知彼此的父子，所以我們手上的東西比其他人多了很多。」

「原來如此。」海特爾算是明白了一個不解，難怪這些強盜似乎對他們瞭若指掌。

「寇奇眞的很思念他的家人。」

「比起死人，你更該擔心的是你自己吧。」噬勾起唇，踱步走到青年面前，「我們是絕對要你身體裡的東西，看在雷利和美莉雅都對你有興趣的份上，好心幫你帶幾句遺言如何。」

「不用了，我知道會有人來救我，想說的我會親口告訴他。」海特爾停頓了下，想了想，開口：「塔利尼家族究竟發生了什麼事？」

「就是被一群垃圾背叛了。」噬環起手，瞇起眼，深深看著面前一臉無害的青年。眼前這人就和大多數愛好和平的星區百姓一樣，既單純又無知，可憐又滿足地過著他們的小日子，壓根不曉得背後的陰影，「除了蘭恩家，那個家族原本是最爲支持第一家族的存在，也按照誓言和世界共存，並用最自然的方式研究這世界。只是人這種東西，只要擁有土地和權力，就會把所有誓言都忘記。想佔據整個世界的家族們攻擊第一家族，然後把武力較弱的塔利尼家與其他小家族屠殺殆盡，奪走所有資源，厚臉皮地宣稱他們才是延續人類的正義。」

「這……」海特爾愕然了，男人講得很簡短，內容卻超乎他預料地可怕。對於星區的一般人來說，五大家族幾乎都是神般的存在，就連同其他一起開創世界的古代人類，至今還有許多人懷抱著幻想，描述著那些先祖的豐功偉業。但，那些神般的家族，怎麼會因爲這種膚淺的理由自相殘殺？

「想像不到吧？不過你們現在所待的星區，確實就是踩踏在塔利尼家族的血液上，只因爲其他家族不想遵守當初的諾言，所以必須清除掉另外一派障礙。」噬頓了頓，勾起玩味的笑，「假如哈爾格就是塔利尼的後裔，你認爲哈爾格引爆世界戰爭、觸發莉絲的產生，都只是單純的邪惡嗎？說不定哈爾格只是在遵守承諾，要將世界恢復到原有的面貌，懲罰那些自以爲正義的叛徒。」

「即使如此，現在世界已經和平底定，再破壞這些也不是好事。」海特爾雖然感覺腦袋有點亂成一片，但還是連忙說道：「只想好好過生活的普通人並沒有錯，他們也不明白這些，更何況那是很久之前的事情，讓現在的後代受到傷害，也不過是無妄之災。」

「那麼塔利尼家族的血就應該白流嗎？」噬並沒有發怒，依然保持冷冽的笑意緩緩開口：「或許普通人不知道這些事，但是他們應該曉得這個世界原本該有的面目，讓自己活得天眞快樂，卻無視腳下的亡靈血肉，還單純著妄想他們的手都比別人乾淨，不是太可笑了嗎。」

「所以，哈爾格眞的是塔利尼的後裔嗎？」都說到這個份上了，海特爾也不覺得有另外一個答案。

「塔利尼『僅存』的後裔。」噬拍拍青年的肩膀，慢慢靠近他的左耳側，低喃般地吐出氣，「我們已經是最後的塔利尼了。」

「你們想看見的世界究竟是什麼面貌？」海特爾連忙退開，疑惑地看著對方。「是像柏特這種年輕學生也不惜付出生命要達成的理想嗎？」

「呵，我打賭他想要的肯定和我們想要的不同，那些家族勢力想著的都是他們能夠拿到手的利益。當然，現在的朱火強盜團想得也太過美好。這世界的面貌，塔利尼交由第一家族來決定。」噬攤開手，露出大方的姿態。

「到底……？」

「你有興趣的話，直到你死前，我們倒是可以好好聊聊這些已經沒有人想知道的事。」噬看著對方那張無知卻又努力想要弄懂所有事情的臉，說道：「也不一定你就會自願送上生命了。」

「只要有重要的人，無論如何我是不會放棄生命的。」海特爾堅定地說：「絕對不會。」從那時候開始，他和波塞特就努力要一起活下去，就算是現在也不例外。

「……那你就抱持這種想法去死好了。」噬有點懶洋洋地說道：「反正有夢想也不是壞事。」

「那麼你剛才所說的事又是哪些呢？」雖然在生死問題上沒有共識，不過海特爾還是滿在意對方提及的那些。

「你知道五大家族的誓約嗎？最開始到達這裡時，他們曾經向某人發誓過。」

「某人？」

「『第一家族』。」噬慢慢敲叩著無聲的治療艙，看著裡頭不斷被焚燒的人體，只覺得這眞是件不得不回收，但又佔位子的垃圾，「然而發完誓之後，他們很快就忘記了。直到第一家族勢力開始減退，他們爲了想要奪得所有的一切，暗地成立聯盟，共同襲擊僅剩的數人，等到塔利尼發現時，已經太晚。」

「……」海特爾想起了潛水船船主的事。

噬冷笑了聲，繼續說道：「當然這中間比較小的幾個家族也遭到毀滅性打擊，我記得十星的家族也是整個被消滅了，後來沒聽過什麼後人的記錄。」

「十星？」海特爾愣了下。

「你知道？」噬挑起眉，「十星在橫渡星河時，雖然只帶了少數人來，但他和他的族人滿盡心保護第一家族，幾乎把生命都貼上去；而且他們在觀測航道上很有一手，曾經是星系導航員之一，深受第一家族重用。」

「那是名字？」海特爾小心翼翼地詢問。他覺得強盜的說法聽起來，「十星」應該是個人，而不是他所知的「姓」。

「是啊，難怪你們沒聽過，小的家族大多都被遮掩了。」噬想了想，說道：「姓氏我並不知道，沒有流傳下來，記錄上也沒有。剩下的塔利尼光是逃命都來不及了，沒人有心情去記吧，不過倒是不少崇拜古代人類的人會拿一些名人來當作姓，十星這個姓現在偶爾也能看見。」

「怎麼會是這樣……」想起那隻大白兔與箱子裡的女孩，海特爾心情複雜了起來。

「聯盟軍蓋掉的事情很多，不差這件。」強盜看著青年有點糾結的表情，覺得對方可能是因爲這些話感到震驚，畢竟聯盟軍一直僅提供有限的知識與歷史眞相給星區的人。

海特爾沒有回應對方的話，大白兔他們身分特殊，更別提眼前這些人再怎麼說還都是強盜團，他直覺這些事情沒有必要讓對方知道。而且，大白兔他們看起來好像也不知道

這件事，只是那時候「他」的反應……

難道他知道十星的意思？

怎麼可能？

□

「你確定這樣沒問題嗎？」

大白兔離開房間之後，青鳥仍有點訝異於剛才琥珀告訴他們的話。被後者瞪了一眼後，他才壓低自己的聲音，「可……」

「嗯，我想應該是沒問題，他們有那種感覺。」琥珀坐在床鋪上，慢慢說道：「雖然雙方第一次接觸的印象不好，可是後來幾次可以感覺得出來他們未必那麼聽話，特別是有幾次交手隱隱放過了我們，你沒有察覺嗎？」

「好像……」青鳥抓抓頭，被這樣一說好像還眞的有點。

「我估計到時候現場一片混亂，要解釋任何事情都很難，要寄望其他人全然信任我是不太可能，學長你和兔子就得照我剛才說的做，可能就賭這次吧。」琥珀說完該說的，便懶得再搭話了，懶洋洋地坐到一邊去看資料。

青鳥歪著頭再把剛才琥珀說的事想一想，這方法確實是可行的，總之也沒其他辦法，只好就先這樣。

走到一旁坐下時，他其實很想詢問琥珀第一家族和雙騎士的事情，但自己說過不會再問這些東西了，所以有點煩惱不知道該怎麼開口，而且琥珀看起來沒有要向他解釋的意思，這就讓他更不好啓齒了。

當初星區家族爭鬥的事情，聯盟軍幾乎沒有留下歷史，搞不好有可能是身爲第二家族的蘭恩家，當初設置時有留點什麼，所以他們才能使用吧？

不過總覺得哪裡怪怪……

就這麼眾人各懷著心事，分頭開始準備。烏爾那邊回海上清算人手編列前行部隊；差不多傍晚時分，荒地之風有人來敲門，說是城內支援到達，還有沙維斯的那件東西也被送來了。

青鳥兩人回到大廳時，已經有幾個人站在那裡，除了堇青、綺拉、大白兔和沙維斯以外，弗爾泰出乎意料地也在場。

不過看傭兵首領臉上沒有異樣，青鳥想著大概是洗腦眞的有用，荒地之風果然說話算話，要把你洗成怎樣就會變成怎樣。

又稍等片刻，剩下的人才陸續到場。

確認該到的人都到達後，堇青才慢條斯理地開口介紹由主城來到這邊的十人小隊：「雖然人數不多，不過荒地之風的精銳攻擊隊伍應該很夠幫助你們把人搶回來……別說搶回來，你們可以帶他們去搶劫聯盟軍總部，也可全身而退。」

看了一眼那十個很不起眼的人——眞的相當不起眼，服裝都像一般勞動人員，相當粗糙，連面孔也沒多大特色，不好看亦不難看，平平凡凡毫無記憶點，很難令人留下印象。不過沙維斯和弗爾泰隱隱可以感覺到這些人帶著刻意深藏的強悍力量，很可能全是高階程度或之上的能力者，就是難以分辨是哪些種類……總之荒地之風應該不會借無法派上用場的人手。

「朱火敢正面襲擊荒地之風搶人，這筆帳當然我也不會隨便算了。」堇青露出所有人都覺得很黑暗的微笑，他輕輕蹭著手指，語氣隨意地說道：「你們就放心去第七星區吧，我保證朱火強盜團在海外的部隊絕對來不及去救援。」他倒是要讓那些強盜看看，荒地之風的名聲可不是擺著好看的。

「這麼鬧，要不要順便把強盜團整個剿滅。」琥珀冷冷丟出一句。

「那會拔掉很多聯盟軍，這樣七大星區會很慘，慘得要花好幾年才可以恢復。我是不介意，但是你的人恐怕會很介意。」堇青依舊沒改變笑容，不過說出來的話讓其他人都有點冒冷汗，「朱火強盜團分布很廣，從黑到白，從上到下，想要清除乾淨，就連軍事學院的大多學生都該拔，甚至更小的新一代。讓荒地之風正面對上清除，估計直接開戰吧，牽連七大星區一起開戰也是沒辦法的事。」

朱火強盜團的存在也不是僅僅、兩年的事，當初爲了扳倒哈爾格，現今那名首領背後的勢力不知道插幾手，這麼長的時間過去了，那些陰影早就已經深入各地，權力利益盤根錯節，否則怎麼會養出這麼一個長久以來聯盟軍都無法拔除的囂張強盜團。

荒地之風如果眞想滅了對方，能力者傾巢而出，帶動所擁有的各種資源浮上世界，七大星區的聯盟軍肯定不會坐視大量能力者、行者橫著到處亂跑，另一方面則是不會放過這次搜刮荒地的機會，百分之兩千絕對會派兵出來，到時候就不是一個打強盜造成混亂可以簡單帶過的。

堇青只提點了下，在場的人畢竟不是笨蛋，當然很快就明白他的意思。

「先別管外在勢力，只要能順利將海特爾救出來就行。」弗爾泰目前還不想應付星區戰爭，他的主要目的是救回自己的孩子，自得知這消息之後他就很焦躁，而且隱隱有著某種怒火，對於荒地竟然就這樣讓人被劫走，他感到很不高興。

坐在一邊的波塞特看了一眼男人，沒說話。

「那很夠用了。」說著，堇青朝後面招招手，在後頭捧著一個巨大盒子的綺拉走上前，一直走到沙維斯面前才停止，「這是一位友人託付在我們這邊的物品，前幾天傳消息來說要給沙維斯的，原本你自己去拿比較好，因為那邊還有蘭恩家的定點留言，不過因為你沒辦法去，留言便無法讀取，只剩物品。」

「蘭恩家？」沙維斯皺起眉。

「是啊，定點留言只能到指定地點、指定的人才能聽，你要是有興趣就自己再找個時間去吧。」堇青聳聳肩，想想便說道：「有時候留言還比東西重要……算了，先拿東西吧。」

綺拉將頗有重量的盒子輕巧放置在沙維斯身邊桌上，很快地退開。

盒子相當大，幾乎可以裝得下一個成人的大小，原本就不是設計用來擺重物的小桌被壓得稍微有點下沉，看得出頗具重量；材質看不出來是什麼，但是相當厚實。站在一邊的青鳥覺得綺拉不愧是商業小島的管理人，這種重量居然還可以面色不改地輕鬆拿過來。

站在原地的沙維斯打量著盒子了，上面刻著一個龍的圖騰，是蒼龍谷的印記，七大星區的人都可以輕而易舉地認得出這個標幟。沒想太多，他直接將手掌按上去，動作自然得連自己都有點訝異，印記在接觸到他的手心後稍微發亮，很可能是生物辨識系統，眨眼間，盒子便喀的聲緩緩打開。

出現在所有人面前的，是兩柄造型優美的長刀，安靜鑲嵌在盒內的錦緞刀座裡。

青鳥馬上認出長刀的樣式，一把很像伊卡提安用的那種，另外一把居然就是沙維斯慣用的那種，兩把長刀和之前看過的一樣，很相像，但是又不太一樣。

「兩位的刀一向都是由荒地之風的鑄劍師打造，多年前約定好要給兩位新刀，沒想到就一直沒來取，我想應該是伊卡提安聽說您最近需要新刀，所以才發了訊息過來。」綺拉看沙維斯好像在發愣，走上前好意地開口：「這是新素材，應該不再那麼容易被破壞。」

沙維斯緊盯著刀盒。他記得自己的武器是荒地之風行者打造，但並不記得有約定新刀這回事……看來這份相關的記憶也都被抹除了。

究竟還有多少記憶不復存？

他不明白爲何只是想要他的力量非得做到如此狠絕，就算刪除他的記憶，他的性格依然不會變。即使身爲聯盟軍走狗，他也不可能眞的抹去其他的能力者。從小在那種地方長大，自然有得是辦法隱匿下想救的人。

但是和他有血緣相連之人卻……

「不是系統武器耶。」之前青鳥就注意到了，沙維斯用的不是系統武器，伊卡提安的因爲沒膽子靠近看，不過應該也不是，都只是純粹的刀具。他們運用長刀的方式都是把自己的力量覆蓋在武器上加以強化，偶爾需要時才會附掛一些小儀器。

「我不喜歡武器上有多餘的東西。」沙維斯拿起長刀，淡淡地開口。刀的重量與之前被強盜團破壞的相差無幾，而且手感相當熟悉，幾乎瞬間便能適應，同時也能感覺到刀刃遠比先前更加鋒利穩固，看來確實像綺拉說的，這次較不容易被破壞。

「另外那把就請各位帶回去給伊卡提安吧。」綺拉不經意地看了眼琥珀，微笑說道：「雖然那位似乎損壞率比較低，但也是用得上。」

沙維斯沉默地蓋起刀盒，點點頭。

「那麼，等你們都準備好，就可以出發了。」革青環顧大廳裡的人，露出一貫的微笑：「必需物品荒地之風都替各位補齊，海上所有商業分島會隨時支援，沒被打死的話，各位應該不用擔心物資。」

琥珀斜了眼好像很期待他們被打死的荒地之風當家。

堇青依舊笑笑地回應對方的白眼。

「我不會留下來。」在藤看著他正想開口時，波塞特直接截住對方的話，「不管如何，我哥我自己會救，那個沙維斯和閒雜人才該留。」傷勢重的又不只他。

「反正荒地之風借了人，人手夠，隨使你們誰要不要留。」無視藤轉過來的目光，琥珀冷哼了聲，直接轉頭離開。

看樣子好像沒什麼其他的事，青鳥也跟著跑了。

□

晚間，一行人整備好聚集在碼頭。

波塞特果然一點留下來的意思都沒有，身上裝備相當完善，還向荒地之風討問了幾件好用的儀器；可能是趁著準備期間，藤和荒地之風的人又幫他與沙維斯做了更多治療，原本狀況還很不好的兩人看起來幾乎痊癒了，活動上完全沒有問題。

另一邊的弗爾泰也差不多，傭兵團的醫療設備並沒有落下治療速度。

琥珀和青鳥到達碼頭時，正好看見弗爾泰試圖找波塞特攀談，後者一發現對方接近就佯裝有事走開，拽著沙維斯往旁邊不知道在講什麼。

「從剛剛開始就那樣喔。」坐在旁邊咬零食的庫兒可跳過來。

「在下十分擔心。」同樣走來的大白兔把弗爾泰隱約失落的表情看在眼裡。他也是爲人父者，很能體會對方的心情，尤其面對的是失而復得的孩子，對惶惶不安的人更加折騰。

「那是他們自己的事。」琥珀才不想花精神去管那種遲早會處理好的私事，再怎麼否認，他們終歸是父子，又沒有深仇大恨，打開那個結只是時間上的問題。「荒地之風的當家已經安置好艾咪，他發誓會親自照看，安全上不用擔心。」

「在此謝過兩位的大恩。」大白兔一拱手。

早先時候琥珀提議讓艾咪本體留在荒地之風，原本大白兔很猶疑，不過綺拉告知堇青後，荒地之風的當家立刻表現十足歡迎的態度，還保證會用最高規格來保護，不讓女孩受到絲毫損傷。想了想，放置在荒地之風確實比起放在潛水船東奔西跑還要安全很多，所以大白兔也就不推辭了，黑梭不在，他得替艾咪找到一個安全之處。

「荒地之風裡有很多行者藥師和聯盟軍找不到的藥物，我會讓他們幫你們調配更好的營養液，可以延長時間。」來送客的堇青悠閒地晃過來，笑笑地說：「別急著道謝，我們可能會研究一下兩位，不小心把本體拉出來時別介意別介意啊。」

本來想道謝的大白兔哽住了，突然不知道該不該把女兒放在這個地方。

「他開玩笑的。」琥珀冷冷地說，然後轉向堇青，「黑梭就拜託你們了。」

「放心，我會趕在……」

「反正就拜託了。」琥珀打斷對方的囉唆，直接推著庫兒可和大白兔往停泊在碼頭的潛水船走去。

看著不親切的孩子走掉，堇青正想要追上去時才發現青鳥還站在旁邊，表情複雜得好像在想什麼事。

「……你很想知道沙里恩家的事吧。」堇青笑笑地釣小孩。

「嗯。」青鳥老實地點點頭。

「你想知道什麼全都可以問，只要和你有關的我都會告訴你，不過如果是問別人的，那就不行了。」堇青看著對方本來有點期待的眼神被他戳完一秒破滅，勾起唇，「我還不能越權，不過丹泉他們的事想知道多少都沒關係的喔～」

「那個以後再聊吧……」其實比較想問「別人」的青鳥有點沮喪，「時間也來不及，我先走了。」

「等你們回來，我們一家人再好好聚聚吧。」看對方沒聽出自己的意思，堇青似笑非笑地拍拍金色的小腦袋。

青鳥點點頭，很快往潛水船的方向跑去。

站在後頭的綺拉看著副族長的孩子和其他人打鬧著跑進潛水船，微微嘆口氣，「族長還特地說了『不能越權』。」堇青剛才那句話多少在暗示青鳥「某人」的地位比他們高，可惜對方沒聽出來。

堇青若有所思地笑了笑，「我盡力了，再講下去會糟喔。」從這裡他就已經看見碼頭那邊的少年用那雙湖綠色的漂亮眼睛往自己惡狠狠一瞪，完全就是把剛才對話都聽進去的反應，「他們差不多要出發了，去說再見吧。」

雖說要出發，不過一直到出發之前，弗爾泰和沙維斯還是有點小磨擦，弗爾泰想讓所有人搭乘烏爾的船，畢竟空間比較大且人員充足，可獲得完全的休養，遠比起擠在潛水船那種小空間好很多；不過不知道爲什麼代表回答的沙維斯，頻頻回絕對方的提議，後來弗爾泰有點生氣地轉向曼賽羅恩詢問，曼賽羅恩便把爛攤子往琥珀那邊丟，最後才決定曼賽羅恩和帶著飛獸的藤與荒地之風的人去搭乘烏爾的船，剩下的人搭潛水船正好不會太擠。

沒達成目的的弗爾泰忿忿地回到船上，讓琅去安置新乘客。

於是兩方人馬就在這種氣氛下啟航。

「你再怎樣躲還是得去面對。」

潛水船進入深海後，琥珀看了眼正在鑽牛角尖的波塞特，大概知道沙維斯是出自於好心才幫忙擋人，否則剛才弗爾泰的詢問其實是直逼波塞特而來。

「等我哥回來再說。」波塞特悶悶地看向外頭海底景觀，不想在這種狀況下去面對所謂的「父母」和「過去」。如果海特爾在，一定會處理得比他好，但是對方不在，所以他就不想管。

坐在一邊的沙維斯看了青年一眼，沒說什麼，把注意力重新放回手上的長刀。

「對了，你們打算怎麼救人啊？」上船之後沒有外人，庫兒可才放膽發問。

「關於這件事……」大白兔想起琥珀只有告訴過他和青鳥，正想開口幫忙回答時，琥珀突然看了他一眼，他便硬生生停下來。

「荒地之風的人會幫我們衝破所有防線，我想堇青不會給太差的人；另外烏爾的人自己也會找事做，我們只要專注把海特爾救出來就行了。」說著，琥珀打開第七星區的地圖，「荒地之風已經幫我們更新布置圖，我會重新設計安全路線和萬一沖散時的安全點。

潛水船速度還是會比船快，他們八成在第七星區的外海就會和強盜團打起來，能拖延一段時間；趁上面在打，沙維斯和波塞特抓緊時間把身體調整到最佳狀況，航行這幾天，領航員也會幫你們做好治療。」

會用到的藥，荒地之風都已經給了，所以波塞特兩人不特別擔心傷勢。

看琥珀好像也滿有把握的，於是沒人再發問。

第二話▼▼▼雷與火

接下來的航行時間，波塞特和沙維斯將所有精神放在療養身體上。

如琥珀所料，在他們潛行回到第七星區隔兩天後，烏爾就在第七星區外海與聯盟軍起了極大衝突，像是刻意在等待傭兵商船的聯盟軍船隊，一看見商船出現，不由分說地立即攻擊；當下烏爾便即刻回擊，並第一時間發出警報，警告附近所有船隻，包括其餘六星區的探索船隊，散布第七星區無理由隨意攻擊的訊息。

海上的交手約莫持續半天，足夠烏爾掩護先行離開的人安全避過監視、從天空進入第七星區後，負責轉移注意力的商船才撤出海線。

這場騷動引起各方的關注。

消息很快就被廣布出去。雖然各大星區對於第七星區這陣子的不對勁都看在眼裡，但因為公約，至今沒人有太大動作，如今登記在案的商船受到攻擊，各大星區紛紛開始以擔憂為由，派出更多船隻至公海處，等待下一波事態。

又過了半天，所有人才在指定地點會合。

這次的定點依舊是綠能力者以前布置好的隱藏地，附近非常多食人植物，還有一層厚重的綠色濃霧，如果不是藤打開入口，一般人完全走不進去。

除了荒地之風那十個人以外，弗爾泰從烏爾的海船上也帶下一支小隊，加上琥珀這

邊原有的人馬，人數一下子多了不少，總數大概五十多人，微具規模。

「強盜團在上次波塞特攻擊之後，已徹底轉移總部，眼下聯盟軍的指揮總部只是虛設。」早兩天到達的琥珀先行入侵過第七星區的主機，雖然強盜團受到教訓後有更新過，但還是擋不了他，「所有重要連線皆改往總長的私人住所。我在附近找到幾個可能關押的地點，地圖正發到你們所有人手上，請各位按照地圖指示各自去對付目標，領航員也會隨時輔助與更新動態，這樣還跑散了就是你家的事。」

因為人太多，琥珀覺得很麻煩，有點不太想管那些多出來的傭兵成員。

不過看起來烏爾的人似乎也不想讓他管，有些人甚至逕自與己方海船上的「頭腦」聯繫，看也不看他一眼，全然不信任的態度直接擺在臉上。

反正該講的都講了，琥珀便轉身回去管自己這邊的人。

「你確認沒問題了吧？」波塞特環著手，打量抱著長刀的沙維斯，後者點點頭，沒說什麼。

雖然計畫擬定得很匆促，人手也幾乎全都是臨時湊來，不過沙維斯看著分配規劃，上面的指示已經將能用的人力分配到最好位置，能盡量分散掉最多的追兵，在他們直接往中心去時，能不被追來的雜魚騷擾。

一旁的曼賽羅恩重新確認槍枝，荒地之風幫他們準備的所有物品都是最高級的，而且很輕，不像星區有些破壞力強的武器很沉，所以她也沒得挑剔什麼，一一將武器放回身上。

這次被打扮成不起眼普通小孩樣貌的青鳥，看著愛麗絲打扮的庫兒可，他們兩個算是唯一有變裝的。不知為何，琥珀就只畫他們兩個，居然沒有幫波塞特和沙維斯喬裝……波塞特是芙西船員，這樣沒問題嗎？

「強盜團知道他會來，再幫他改裝也沒什麼意義，這次我人在，會即時抹掉影像系統，不會流出去任何畫面。」琥珀環著手說道：「庫兒可比較辛苦點，要引開不必要的敵人，所以得惹人注目。」

「這你放心！我一定全都引走，然後灰成肉餅！」打扮美美的庫兒可這時候心情整個大好，很豪邁地一拍胸，語氣就是全包的意思。

琥珀看著女孩，勾起淡淡的笑，然後低頭去看手邊依舊在跑動的數據。

就在烏爾的隊伍進行最後確認的同時，包括荒地之風十人隊伍在內，青鳥這邊人馬的隨身儀器，皆收到一條訊息。

如果烏爾的人礙事，就一起攻擊。

就算是平常很少有表情的藤也愣怔了半晌，下意識看向琥珀一眼，反而是荒地之風的那些人一點反應也沒有，活像這種吩咐很正常。

在聯盟軍待了幾年的沙維斯雖然有點意外，不過也滿習慣這種事，沒多講什麼。

「琥珀……」青鳥想來想去，還是覺得有點不太妥，把人拉到旁邊，然後瞄了下同樣沒表情的波塞特，和有點距離的弗爾泰，「這樣好像……」

「他們要救的是他們自己的小孩，但是我們要做的是『救人』，到時候肯定會起衝突，不信你等著看。」同樣壓低聲音，琥珀朝不遠處的大白兔招招手，等兔子過來後才繼續說道：「總之你們兩個盡量小心點，就按照我先前說的那樣做，如果遇到首領，有多快跑多快吧，那個只能讓波塞特他們那些第二類對付。」

悍力能力者對他們這種第一類能力者來說的確很棘手，大白兔思考了下，點點頭。

「你們又在說什麼小祕密啊。」發現這裡有聊天小團體後，波塞特一點也不客氣地直接搭在琥珀肩膀上。對於剛剛收到的傳訊，雖然他也很意外，不過說到底，畢竟他們根本和這些加進來的隊伍不熟，所以別說是烏爾，假使換成荒地之風的人礙事，波塞特也不會手軟。

「說上次那個朱火首領可能會很麻煩，而且他們知道我們會追上去，可能還有類似的其他人手。」這點不是說假的，琥珀已經早一步在地圖上發現強盜團調回來很多分隊團長，估計有各式各樣的能力者在等他們……不知道菫青丟過來的那些人能不能完全壓制就是。

「悍力再怎樣還是有個極限，如果出來就交給我或沙維斯對付。」波塞特一想起上次那個首領，冷冷笑了聲：「和實驗室有關的，即使不是來救我哥，我遲早也會回來把他們都殺光。」

看青年是眞的透出殺意，大白兔隱隱覺得有點不妥，不過實驗室的事情他也不能講什麼，想想便問了另外一件事：「荒地之風那十位能力爲何呢？」

「誰知道。」琥珀沒有去問，其他人問了，荒地之風的人也沒回答。

「……琥珀弟弟，你這樣好像是在讓我們帶一堆驚喜箱去敵方總部，總不能到場才開箱吧。」雖然知道荒地之風應該不會整他們，不過波塞特看著像小團體般站成一圈的十人，還是有點介意。

「可能有一半是第一類，一半是第二類，他們會盡量壓制強盜團，你們不用太在意，荒地之風的攻擊隊一般不會聽外人指揮，他們會自行判斷攻擊和撤手時機，所以你們當他們不存在就好了。」琥珀知道如果他想要指揮也是可以，堇青肯定有給這支隊伍的授權，不過他不想浪費太多精神和時間去注意能獨立完成行動的隊伍，「人家是專業的，你們是業餘的，把精神放在保護自己身上吧。」明明沒經過專業訓練，竟然還敢去擔心人家有練過的。

聽他這樣說也對，波塞特抓抓頭，又看了眼荒地之風的人，嘖了聲。

「時間差不多了。」

見曼賽羅恩和藤往這邊走過來，琥珀停止交談。

接著，烏爾的人與荒地之風的人注意到開始有動靜了，也靠過來。

「我們這邊的頭腦會按照你給的路線圖規劃好攻與撤的方式，你們到時候不用顧忌烏爾的隊伍。」弗爾泰看看兔俠這邊的人力，其實有點在心裡嘆氣。除了沙維斯與波塞特，他實在不覺得其餘人夠強，更別說波塞特兩人還重傷方癒。本來想說不管怎樣，都別拖到波塞特後腿、讓他有危險，不過青年對他依舊有著敵意，弗爾泰便沒有把這句話說出來，以免將氣氛搞得更尷尬。

雖然如此，不過弗爾泰與妻子當年已經預想過最糟糕的狀況了，比起連屍體都找不到，起碼現在有一個是活著在他面前，這遠比他們當時設想過的種種可能還要好很多，所以即使有些敵意也沒關係，未來會有很多時間可以慢慢處理。

現在最主要是要救出另一個被抓走的孩子，所以他對兔俠這邊的人就更有意見，尤其是那兩個小孩。頭腦和另外三名能力者先不說，兩個小孩……

當然看出烏爾的人在想什麼，琥珀冷哼了聲：「不管怎樣也不用你們救，少管閒事，顧好你們自己的人別來扯後腿。」

沒想到對方竟然這麼沒禮貌劈口就講出這種話來，弗爾泰皺起眉。

青鳥拉拉他家學弟，總覺得這兩天琥珀心情超級不好，口氣也眞的很差，他都看得出來烏爾那邊的人不爽了。

「在下等人有自己的作戰方式，請不用介懷。」大白兔擋在琥珀前面，一拱手，很客氣地說道：「請閣下專注於烏爾的作戰即可。」

「是啊，我們其實也不習慣一堆陌生人。」波塞特不冷不熱地丟過來一句。

「先到此爲止吧，再吵下去浪費時間。」曼賽羅恩雖然不太想管這種事情，不過畢竟是來幫忙，她也只好打斷這種大家都有股惱火在心裡的無意義爭執，「有這個精神，襲擊第七星區總部時，再全部拿出來用吧。」

終於，兩邊的人都閉上嘴了。

□

與強盜團的第一波衝突是在深夜。

一行人才正要潛入，果然早布下大量人力的朱火強盜敏銳地發現敵人入侵，能夠捕捉到力量感的能力者們瞬間發出各種警示，黑夜中急速聚集大量的外圍打手，正面對上烏爾傭兵。

因爲早就已經商議好要讓人數較多的傭兵團分散這些雜兵，所以大夥兒並未感覺訝異，沉默聽著琥珀的引導，立即修正路線重新隱蔽行蹤，靠著藤催動的植物掩護，甩開追兵，迅速深入總長大宅。

順著指引，不久之後就從其中一條密道潛入地底。

這些密道是上回曼賽羅恩等人勘查出來的，加上琥珀入侵確認過，以及封閉掉大量監控系統，一路上居然讓他們走得異常順利，完全沒有碰見任何巡邏者，就這麼到達了第一道出入口。

花了些時間走了不少彎彎曲曲的地下道路，直到盡頭後，在沙維斯與波塞特的保護下，琥珀上前快速解開所有密碼，緊閉的門扉立即鬆動，讓所有人進入主屋正下方的祕密通道空間。

隱隱約約，還能聽見來自上方遠處的打鬥聲響。

「有人。」藤抬起手，讓所有人停下腳步，他看著飛回自己身邊的細小飄浮植物，說道：「隱蔽了存在，但植物發現蹤跡，約有七、八人，就在下一個轉彎路口。」

「力量呢？」沙維斯沒探測出對方，估計全都是高等的能力者。

「不弱……嗯？他們發現了。」藤抬起手，掌心上的一小片綠色葉片碎開，「有兩人急速朝這邊過來。」

沙維斯和波塞特正要往前走，荒地之風的其中一人已先擋到所有人前面，然後發出低沉的聲音：「諸位請繼續向前走即可。」

幾乎話語落下同時，兩股氣流瞬間左右夾殺而來，毫無預警、也看不見人影，青鳥等人還沒反應過來，站在前方的荒地之風動作迅速地幾個側身格擋，兵器飛影來回碰撞了幾下，他平空拽住了什麼再一個施力，竟然硬生生拖出兩抹藏在空氣中的身影。

「快走。」琥珀推著還想看戲的青鳥，然後快步往前跑。

看著再次攔下要藏匿進陰影中的強盜，沙維斯馬上明白荒地之風的實力足以應付這兩人，便毫不猶豫地轉頭離開。

接下來又遇到幾次強盜團的奇異能力者，同樣一一被荒地之風的人斷後擋下。這些能力者幾乎都探查不到，而且一開始身影皆藏在虛空當中，突然出現，不知道是使用了哪種能力掩護。每名衝出來的強盜都非常強大，很有可能已經是隊長或者有階級的地位，和外圍那些被牽制的雜魚完全是兩種水平。

「恐怕是影鬼。」沙維斯看著身後的追兵被五名脫隊的荒地之風攔止後，心裡有數是什麼在作怪，「看來是頂端能力者，能夠完全藏起他想藏的任何東西。」就像他的霸雷得以窺探真實，影鬼的能力看來也包含將某些東西覆蓋在黑影當中。

「答對了。」

不屬於任何一人的粗嘎聲音猛地傳來。

那瞬間，剩下的五名荒地之風同時環護在隊伍外側，每個人均呈現出能夠瞬間搏倒敵人的開戰姿態，強盛的力量好像能炸開整個地下空間。

一滴黑色的影子自上方落下，在一行人前方幾尺處慢慢聚攏起影子，塑出黑狼般的形態。「只要是有影子之處就是我的能力範圍，即使你們同樣是頂端能力者，也無法敵過影子，還是趁現在退回去吧。」

「開什麼玩笑，我絕對要帶回我哥，還有滅了你們這些惡鬼！」波塞特冷冷看著眼前帶走海特爾的凶手之一。

「噬並不知道我在這裡。」影鬼走了兩步，甩動著黑影組成的尾巴，微微低著頭，「我是出自於好心勸退你們，即使有荒地之風的人在，你們也不算對手，更何況你們這些正義人士的眞正對手應該是……」

總覺得影鬼好像在看琥珀，青鳥反射性地擋在琥珀前面。

「很多事情不是你們所想的那樣，你們認定的惡人也不全然是惡；你和你哥的問題沒有那麼簡單，有時候換個方向想想，死抓著不放很可能會兩個都無法保住，那放手確保一個人能活下來不是比較重要嗎……話已經說到這份上，你們最好也別再礙事，我不是每次都能這樣浪費時間。」說著，影鬼看了下上方，「世界上原本有些事情就會犧牲某些人，他們將造就世界的大事，也應該感到榮幸。」

「你在說什麼鬼話！」波塞特正想一火光燒過去時，旁側的沙維斯突然擋住他的動作，還沒問他想幹嘛，周圍所有人已立即提高警戒，一道強烈殺氣直逼這個方向而來，而且是波塞特很熟悉的力量感，先前他才對付過那傢伙。

「我就不奉陪了。」似乎也發現來者何人，影鬼轉個身，立即消失在所有人面前，動作之快，讓其他人莫名感覺到他的匆促。

就在影鬼離開的同時，一股巨大力道自祕密通道的正上方猛力擊來，劇烈的強震之後，被硬生生打穿了極大的洞口。落下來的毫不意外是強盜團的首領，以及好幾名完全感覺不出能力感的人。

通道遭打穿的瞬間，隊伍中反應最快的荒地之風其中一人，拉出弧形的防禦壁，讓其他人發現原來裡面有名操風者；風力擋下強勁的力量及崩落的土石，強悍地扛住可能造成巨大傷害的襲擊，接著將那些雜物彈飛回去。

「學長、兔子，快走！」琥珀往身側保護他的兩人拉了一把，「這邊交給沙維斯他們。」

「你們也快離開。」沙維斯將長刀橫在身前，看了眼藤與曼賽羅恩，以及正要出來迎敵的波塞特和庫兒可，「我能應付，你們那邊按照計畫。」荒地之風留下了兩、三人，力量感並不亞於首領身側那些應該是團長級的敵人，沙維斯認為能先走多少人就先走多少。

話才剛說完，整座建築物霎時警報大作，危險的聲響傳遍附近天空，一些防禦力比較不足的衛兵當場被巨響震得不得不彎下腰、摀著耳朵，聲響過了好一陣子才停，所有人

腦門還殘留著嗡嗡回音。

「怎麼現在才響警報。」波塞特有點受不了那種聲音，按著一邊的耳朵，皺起眉。

「這不是警報，系統沒有啓動的跡象。」早先已切斷所有警報的琥珀也遮住耳朵，感覺極不舒服。

「能力者。」沙維斯瞇起眼睛，看向站在朱火首領身後一名蒼白矮小的斗篷男性，對方露出來的臉頰極爲凹陷，整個人有種不自然的乾枯感，就像個大活人被狠狠脫了一輪的水，看起來異常乾燥，斗篷下露出的閃爍眼睛帶著鬼祟感。「第三類，聲波的『音爆』，朱火強盜團第八團長。」他在聯盟軍中看過這個強盜的資料，不少星區聯盟軍曾討伐過，但送回來的屍體往往死狀淒慘，甚至還有腦子被震得稀爛，連治療復元的機會都沒有。

被識破身分的矮小男人竊竊地笑著，「這只是警告，乖乖投降吧。」

「投降個屁，宰了他們！」另一側站出長滿奇怪鱗片的女性，高大的身軀後拖著像蜥蜴一樣的尾巴，粗獷的面孔有一雙直立的血色瞳孔，明顯表現出也是能力者的身分。

女性才剛說完，周圍同伴立刻跟著喊宰，像是挑釁般各自釋放出原本隱藏的強大力量，接著他們紛紛看向自己的首領。

站在高處睥睨入侵者群的朱火首領露出冷笑，緩慢地吐出一個字：「殺！」

話語落下瞬間，沙維斯立即擋下猛然出現在他面前的強盜，隨後出現的強悍力道馬上被補位上來的荒地之風擋開，某種看不見的屏障往所有人前方一頂，遭沖散的力勁向四面八方彈射，打崩更多通道牆面、天頂，很快地，大半通道直接曝光，等在外頭的強盜團大量衝了進來，荒地之風立即趁亂護著琥珀等人先離開。

「我覺得你沒有我幫忙還是不行。」

聽見後方傳來聲音時，沙維斯甩開了手邊的敵人，回過頭，看見應該要和其他人一起離開的波塞特就站在後頭。

沒有多言，沙維斯點了下頭。

「上吧。」

□

第七星區總長宅邸在黑夜中燃起劇烈的火光。

大量莉絲隨著燃燒不斷漫出紫黑濃霧，隨之被儀器極力稀釋。

「你應該沒忘記琥珀的計畫吧？」看著　出手就大燒特燒的友人兄弟，沙維斯在砍下一名強盜團長的手臂之後，覺得有必要提醒已經拉出火牆的友方。

即使強盜團中有「音爆」能鎮壓火力，但還是擋不住更高一階的破壞系，雖然火焰被滅了幾次，不過每次重新燃起的火宛若不死的鳳凰般轉得更烈，原先還撐著想要圍殺他們的普通強盜團，大多受不了高熱與焚燒，已抱頭鼠竄，來不及脫逃的早已連灰燼都沒有剩下；而強盜首領與那些團長則是早早各自著裝避火的器具，似乎還有另一個風能力者繼續試圖鎮壓火焰，只是效果顯然不佳。

波塞特看了眼沒打算離開、也無懼烈火，還穿梭在其中逼退強盜團的荒地之風，立即明白了不用擔心這些自由行者。所以他懶洋洋地回應沙維斯的問話，「當然記得，事關我哥，我怎麼可能拿他的安全來開玩笑。」少年原本的計畫，就是依照他的規劃路徑快速向前突進，既簡單又暴力，一救到人馬上脫離，不要戀戰也不要被絆住腳步，基本上就是簡單易瞭，凡是碰到武力的就交由他們，碰上系統的就讓琥珀動手，一句話，就是狂破壞到終點。

說眞的，如果不是擔心他哥藏在某處，波塞特還滿喜歡這種不動腦的計畫，他可以大範圍焚燒，不過因爲顧慮到他哥的存在，只能像現在這樣小範圍地清除，那些荒地之風的人看來也是如此，否則早拿出完整實力了。

看著煉獄般的火場，沙維斯其實有點疑慮，不過敵人又闖攻進來後，他直接轉頭揮刀，甩出閃雷，將不畏火焰、音爆的漏網之魚釘回牆壁上。很快地，他注意到有另一種力量朝他們逼近，「出現數名飛水，等級都不低。」

「看來還是做好準備的。」看著天空中捲出的水龍，波塞特合起燃著火絲的雙手，周圍火焰捲繞出數條巨型火柱，在他們上方強烈碰撞噴濺，水龍衝撞火柱形成的穹頂時，瞬間在空中爆出極高溫的蒸氣與猛烈的轟爆聲；大面積的熾烈熱氣覆蓋總長住宅，周圍溫度立即升高許多，高熱水霧和交繞的毒氣馬上讓可見範圍急速縮小。

波塞特重新拉出火焰，正要再把這地方燒一燒時，旁側的沙維斯按住他的肩膀，低聲道：「別過度使用。」

「不過只是小意思。」波塞特很不以為然地冷哼。從實驗室到芙西，各種被虐的鍛鍊可不僅僅只有這些。

沙維斯散掉身邊的小火星，走到對方前面，連轉頭也沒有就揮出長刀，再度砍翻一名想趁霧氣遮掩發動襲擊的強盜。抬起手，他快速判斷散落與包圍在附近的所有敵人數量，以及仍不斷往這邊趕來的各種敵方後援，接著與旁側一名荒地之風互看一眼，已經了然他想法的行者朝他比個沒問題的手勢，便開始降下天空中沉沉的低鳴聲響與閃雷。

擴散在空氣中的蒸氣很快成為導體，到處都在跳動著雷電的閃光，如同巨大電幕般狠狠向下覆蓋。

轟雷落在這座被火焰燒了一半的庭院後，整個院子幾乎已看不出原本的樣貌，大半建築與造景全毀，眼見之處只殘餘大片焦土。

雖然同時針對霸雷能力做了層層避雷準備，但強盜團估計沒想到會是在被水蒸氣覆蓋的狀態下遭到雷擊，來不及抵禦的水霧導體放倒不少人，包括能力者在內。

沙維斯掃了眼已被電得全身焦黑的音爆，重新轉向似乎不受影響的強盜團首領。

水霧散開後，站在原處的首領身邊圍繞著數名能力者，卸下某種防護壁，數名團長毫髮未傷地重新站起。

那幾名荒地之風雖然能力確實不低，但在環伺著大量強盜團高階能力者的狀況下，顯然也沒佔上風，幾人多少帶了些傷，不過沒有退開的意思，而且沙維斯發現這幾人看似是在應對攻擊，但實際上正不著痕跡地在保護他們兩人，看來可能是荒地之風或琥珀下過要以保護為首要任務這樣的指令。

「我說你們兩個。」強盜團首領挑起眉，盯著波塞特和沙維斯，「這是最後一次機會，加入朱火……」

首領的話還沒說完，一記火焰直接從他臉側削過。

「少在那邊狗屁廢話，就算世界毀滅了我們也不會加入。」波塞特彈出火焰的手指著對方，「還有，你也算不上是正牌吧，據說你們強盜團的前身似乎有更加名正言順的首領，讓那種有地位的人來邀請還讓人比較高興呢。」

說完，他很明顯地感覺到強盜團首領散發出一絲殺意。

「看來琥珀弟弟說的沒錯啊。」波塞特朝沙維斯輕聲說道，並聳聳肩。「果然不是名正言順地上大位，特別容易惱羞成怒。」

雖說是輕聲，但沙維斯覺得這個音量也很足夠讓對面的強盜首領聽得一清二楚了。

「我還滿想知道，朱火強盜團到底是不是全部都真心在服從這傢伙，畢竟好像不少團員是從『前身』就已經在的。」波塞特微微挑起眉，刻意多補了句：「真可惜那些團員得自降身分變成強盜團。」

「臭小子，你想故意激怒我找死嗎？」朱火首領盯著把話說得很大聲的青年，發出冰冷的聲音。

「錯，我想激怒你，然後再宰了你。」

波塞特話語停頓同時，強悍的無形巨力直接當著他們的頂上砸下，反應很快的荒地

之風立即擋下，但並沒有全然止住力道，被保護在其中的人仍能感覺到身上傳來些許衝擊，霸悍的力道將所有人壓得往下一沉，地面裂開巨大的凹坑。

「還行嗎？」沙維斯釋出閃雷逼退還想加壓的強盜團首領，分心看了眼周邊似乎受傷的荒地之風，這名青年從剛才開始扛了數次巨力，雖然並不是極頂端的能力者，但他卻用一種很奇特的操控方式，巧妙接下那些力量，然後快速分散疏力，只是次數多了依然會吃不消。

荒地之風的人點了頭。

「那我來眞的了，你們做好準備。」波塞特計算時間，青鳥那裡應該已經跑得夠遠了，便抬抬剛才有點被巨力壓傷的手。

沙維斯點點頭，但是有些擔心這個實際上只有討論過的方式，「不過你確……」

「你什麼時候這麼囉嗦，到時候弄不出來，看你要降雷還是我爆火，隨便都可以啦。」波塞特嘖了聲，「而且琥珀弟弟不是說了成功率很高嗎，鬼小孩都有把握了，你正常人猶豫個蛋，說好的冷漠高傲呢。」

看著青年，沙維斯決定不要再搭話了，原本只是有些擔心海特爾的兄弟可能會受到傷害，但看來自己多慮了。

「當心吧。」

斂起剛才嘲諷敵方的表情，波塞特揮手燒燬朝他們射來的一批利器，「我要毀掉退路了。」

那瞬間，所有火焰熄滅，一絲不剩。

焦黑的土地上，散發炎熱的致命熱氣。

「『煉獄』。」

□

感覺到空氣中所有水分似乎瞬間被蒸發般傳來燥熱，青鳥不自覺停下腳步。

「沒事吧？波塞特……」

琥珀也停住步伐，看了眼矮子，「那是頂端能力的一種變化技巧，他如果力量有達到，對他來說不會有問題，而且沙維斯也在，如果暴走了可以做出壓制。」

這幾天他們也不是白白混時間的。琥珀將自己所知的一些能力者資料交給兩人，特別是之前差點失控的波塞特，讓他能抓緊時間再次調配身上的力量。

波塞特雖然在實驗室與芙西待過，兩個地方分別針對他的力量有做過激發與訓練，不過能教導頂端能力的人本就很少，更別說失控的極端能力。所以波塞特與沙維斯兩人接過資料時很吃驚，但也沒多嘴追問來源，很快地開始進行深入練習。

離開潛水船前，還看見波塞特拉著沙維斯要練習什麼必殺技還組合技之類的，琥珀就懶得理他們了。

「你對能力變化也很熟嗎？」曼賽羅恩看著少年。

「……算是最近才知道的吧。」琥珀沒什麼表情地回望仍試圖想要套他話的處刑者，「我看過很多聯盟軍的資料，先前沒有特別留意，正好波塞特的狀況讓我想起來有這些東西。」

總覺得對方的回答依舊很不誠懇，曼賽羅恩在心中想了下，不過因爲已經在敵人的大本營裡，便沒當場繼續追問，而是先以眼前的狀況爲主，況且少年看起來不打算繼續讓她問下去。

進到主屋後，幾名荒地之風又因爲強盜團的人手分散了些，越往內深入對方安排的人手也越強，大致都是團長或副團長；現在基本上就剩下他們幾人，而外面也打得火熱沸騰，到處都可以聽見挖洞拆房的聲音，估計這次打完，總長的私宅會直接消失在世界上，只留下一個像隕石墜地般的大坑。

曼賽羅恩認爲，如果接下來繼續再有團長級的能力者冒出來，自己或藤就必須得留下來斷後。

畢竟總不能讓「頭腦」斷後。

而且他們的行動上，所有武力都能替代，唯有控制整個系統的頭腦無可取代。

「等等如果有壞人，你們就先走。」顯然有相同認知的庫兒可拉拉裙襬，說道：「反正我的腦袋不好，你們要救人就快點，出力的事情我做就好！」

在這種地方確實沒辦法糾結什麼誰去誰不去的問題，琥珀點了下頭，「那就像先前說的，擋完一輪就撤退到約定地點，不要戀戰。」

「誰想跟他們戀戰！」庫兒可超不客氣地呸了聲。

重新起步沒多久，如同女孩講的一樣，他們遇到最後一波阻擋者，還沒報清楚是哪支隊伍、哪個隊長，庫兒可已直接把地面整個翻起來，牢牢實實地堵住出入口，幫他們打開了最後一扇門。

「你們一定要安全回來喔。」

庫兒可這麼說著，然後抬起手掌，堵上最後一個開口。

「……沒問題吧。」青鳥看著土牆，很擔心。雖然庫兒可也是不弱的能力者，但這裡畢竟都是強盜團長等級的殺手……

「沒問題，荒地之風會幫她。」看著系統顯示，琥珀知道已有幾名荒地之風的人制伏對手，極速趕往這個方向，最快的約莫一分鐘內就會到達，很快就能確保庫兒可的安全。「反而是我們會比較危險，你們知道還有誰沒出現吧。」

那些人一直沒出面比較讓他意外，琥珀還以為某人是好戰分子，在沙維斯或荒地之風等人出手時就能把他引誘過去，看來對方該忍耐的時候還是有忍耐力的。

踏出走廊，他們停下步伐。

像是在等待賓客似的，大廳明亮得璀璨發光。

「你們的速度比我想像的還要快。」

站在亮點中心的人，彎起冷笑。

第三話▼▼▼奪取

站在大廳等待來者的嗌挑起眉，有點掃興地環顧了下第一批抵達的人們，「火和雷都不在啊……我本來以爲會先和他們交手，看來朱火全部戰力被調回來還是有影響。」

剛才外面炸開時，他其實還滿想衝出去痛痛快快打一場，可惜雷利這次嚴格禁止他破壞行動。計算了下那兩人與荒地之風的實力，嗌覺得他們應該可以很快跟上隊伍，出現在自己面前，看來還是他高估了。

「你知道我們的來意。」大白兔走到所有人前面，一拱手，禮貌地說道：「請將海特爾歸還，否則在下也只好失禮了。」

「我比較期待你們的失禮，不過你們來晚了一步，人剛送走，現在要追上去還來得及啦，前提是從這邊脫身。反正看你們的樣子，應該也是打算強搶吧，那就不用囉嗦。」雖然不太滿意眼前的對手，不過強盜還是打起精神，想在這些人身上勉勉強強先找點提神的樂子，「雷利。」

隨著他的話語，四面八方開始布上一層黑色暗影，徹底封死了能夠離開的路徑。

「打之前，能說幾句話嗎？」被護在眾人中間的琥珀淡淡開口：「哈爾格的後裔……或者說塔利尼比較貼切？」

「你是最近知道還是之前就知道了？」嗌挑起眉，有趣地看著他們的另一個目標。

「……最近慢慢知道很多事情。」琥珀冷冷說道：「包括你們應該也不會眞的屈就在朱火下面這件事。資料上顯示哈爾格是被現任朱火強盜團首領所奪取，身爲正統繼承人的你們，眞能如此簡單地服從對方嗎？」

噬環起手，似笑非笑地回答：「你知道我們還留在這裡是爲了什麼東西。」

「如果不是報復，那麼就是爲了塔利尼家族。」琥珀看著像在玩弄他們的敵方，慢悠悠地回答：「如果哈爾格確實就是殘存的塔利尼，那麼有些東西你們必定得守護住。」

「是啊，就類似一些其他家族自己想藏著、但又想奪取別人手上擁有的，那樣的東西。」噬有趣地直視那雙湖綠色的冰冷視線，清澈得讓人想將眼珠子挖出來藏起，「正好那東西又是個無法取代的物件，對吧。」

「哼，原來如此，難怪你們能說動朱火強盜團拉出那些武器庫，和所有星區對抗，甚至不惜引動各種勢力叛變。」琥珀看了眼青年，並不打算和對方糾纏太久，「塔利尼如果守護不了『神器』，當初就應該擊碎，才不會落入強盜團的手裡，滿足他們那些實現不了的妄想。」

「神器？」從頭到尾不敢吭一聲的青鳥，聽見關鍵字後，還是很訝異地低喊出聲。

「我就覺得奇怪，怎麼強盜團心甘情願耗費那麼多精力、物資和各星區勾結，原來是掌握了那東西。」琥珀停了下，快速將所有的事做個連結，「哈爾格引動戰爭之後被消滅，朱火強盜團得到了你們的『東西』，因爲元氣大傷所以哈爾格搶不回來，只能順從地配合朱火，教導他們藏匿在海底下的那些事物，包括取得武器庫、飛行器，並且使用各種被封印起來的前世界物品……你讓朱火的首領相信他可以奪取七大星區，至今爲止的動盪都是讓他誤以爲你們在替他鋪路，對吧。」

「這方法是雷利想的。」噬抬起手，讓老鷹形態的黑影停在自己手臂上，「雖然我是想用更快的方式解決，不過雷利說既然他們有那種妄想，那做點好事幫他們圓點夢，也不是不可行，況且我們也須要勾結七大星區，這樣哈爾格的任務才能繼續完成啊。」

「哈爾格有什麼任務？」曼賽羅恩瞇起眼睛，總覺得這兩人進行的對話有許多只有他們自己聽得懂的內容，讓人有種好像被隱瞞什麼的不快感。

噬笑了笑，用像是玩遊戲一樣的語氣開口——

「毀掉七大星區啊。」

大廳空氣陡然冷了下來。

「哈爾格爲什麼要毀滅星區！」青鳥訝異地瞪大眼睛，「我是說，塔利尼不是……古家族……？」他以為像他們一樣的古家族都會維護星區的留存，即使權力鬥爭激烈，但是沒人想要星區消失。

「好問題，因為現在的古老家族都是兇手，我們殘存塔利尼的使命就是毀掉這一切，讓世界恢復該有的面貌。」噬伸出手，豎起兩根手指，「你認為我們哈爾格是邪惡的這一邊嗎？但我們遵照的是原始約定，而現在的星區則是違反約定……哈爾格所知道的正義，就是遵照約定，讓所有事情回歸正軌，用你們的想法來看，我們應該是屬於正義的這邊吧。」

「但是會死很多人，這樣是不對的！」青鳥直覺反駁。

「那星區存續建立在屠殺知道眞相的人的血肉之上，就是正確的嗎？」黑鷹粗嘎的聲音直對青鳥，冰冷得令人無法忽視，「蘭恩家遠走蒼龍谷，塔利尼與相關黨族都被屠殺，你們神之家族只敢用神化的方式來悼念，甚至連第一家族眞正的名諱都不敢澄清，這種可笑的消極抵抗根本也只是為了自己，然後星區像是什麼也不知道似地過著和平生活，這就是正義嗎？」

「瑟列格不是那樣——」

「我告訴你吧。」噬打斷青鳥拔高的聲音，「瑟列格就是那樣，從以前至現在，沒有

變過。」

青鳥跳腳地想要反駁，但一時氣衝大腦，居然讓他反駁不出什麼強而有力的話。

「設定宗教這件事最根本來說，依然是以想要統治人的思想爲起源，瑟列格的第四星區就是這樣形成。白色聖女什麼可笑的尊高，什麼天罰的手段……既然如此神聖，瑟列格大可以平反所有的歷史，以神之名，讓眞正的神重現在世人面前，得到他們應該有的歷史地位。」黑鷹看著青鳥，冷漠地開口：「身爲聖女之子，你知道第一家族眞正的名字嗎？瑟列格曾經供奉過嗎？」

「我……」青鳥發現自己竟然無法反駁。

他的確不知道第一家族的名字，甚至更早之前，他們還爲了第一家族的事而訝異。

雪雀知道嗎？

「無論先前發生過什麼，我的責任就是保護那些無力反抗的人們。」曼賽羅恩打斷了交談，「不論是聯盟軍或是朱火、哈爾格，甚至是神，都一樣。」

藤站在女性身邊，沉默地張開手掌，綠色光點慢慢聚集其上。

「在下也不會眼睜睜看著諸位肆意毀壞七大星區。」大白兔沉著聲音，「雖然聯盟軍的手段有異，但是一般人是無辜的。」

「一般人在恣意享受七大星區一切的時候，就已經不能說是無辜了。」噬看著打算開始動手的處刑者們，勾起唇角，「就像你們會因質疑聯盟軍而成爲處刑者一樣，人們爲何從沒有質疑過被教導的那些？只是受到保護被圈養，安安穩穩地在柵欄裡吃著來路不明的餵食，那就是共犯啊……算了，反正這些事情已經被放到天平上，該來的還是會來，對吧？」

「你看琥珀幹嘛，他又不是你們那邊的！」青鳥直接擋在自家弟弟前面，努力舉高手遮斷強盜視線。

琥珀直接往矮子腦袋用力一壓，看著手邊的訊息框，「他在拖延時間，這裡下面的深海港口有船在啓動，再不攔截就要跑了。」

「藤。」曼賽羅恩開口的同時，身邊的綠能者已往地上一按，綠色植物捲繞出大量根葉，硬生生將地面挖掘出洞。

琥珀快速截斷地下港口的訊號，打算拖延離開的動作，但很快地有另外一個阻力重新修復線上系統；他抬起頭，看見黑影頭腦正在盯著他。

「我們這邊也是有頭腦的。」噬有趣地看著對方的動作，「雷利也是古系統的專家，雖然不一定可以跟你耗，但短時間抵抗還做得到，你不會以爲我們知道有你的存在，還什麼也沒準備吧？」

說話的同時，第七星區突然傳來警報，原先被琥珀破壞的一部分系統正被修復而重新運作。

「你認爲我爲什麼會和他們進來。」琥珀冷眼看著強盜，「你們眞認爲可以跟我耗嗎？」

下一秒，警報再度消失。

「噬，地下港口系統被破壞了。」黑鷹向旁邊的男人報告。

噬聳聳肩，覺得自己果然太小看了對方。知道對方的來路之後，確實不該認爲在這方面他們會有能拖延的機會。

「那就沒辦法了，我還是比較想要跟雷或火打。」

青鳥聽見強盜說著這話的同時，身邊突然颳起一陣冷風，讓他起了一身雞皮疙瘩，某種非常危險的感覺瞬間出現在他身側，還沒回過頭，強悍力道打出，直接將他整個人搧到一邊，連速度最快的他都來不及應對。

同時，反應過來的大白兔朝赫然出現在他們之間的強盜打去，抬起手接招的噬直接吃了一擊，往後退開幾步。

同一秒，準備扣動扳機的曼賽羅恩被扯了下，發現腳底下的影子已半浮上來，纏住她的腳踝向後拉開。

她毫不猶豫地往影子開了幾槍，卻沒有任何作用，接著將槍反過來，炸出能源光，趁影子消散的瞬間跳開。

「通道做好了，快點離開。」藤以最大力量打通地面，在強盜周圍拉出許多細小的藤蔓，這是一進門他就布置好的飄浮植物，但估計困不了對方多久，更別說還有影鬼這種無法控制的存在。

「琥珀快走。」青鳥立刻將琥珀先往綠色通道推去，接著自己也抓緊時間跟著跳。

「兔子，走。」曼賽羅恩轉換槍枝能源，連續打出好幾個光爆，將周遭黑影炸散，在大白兔跳下去之後，也跟著進入通道。

墊底的綠能者再次拉出藤蔓，翻身往下時，大量堅硬有刺的枝葉覆蓋了通口，阻絕強盜們的追擊。

不過這並不會持續太久。

對方有影鬼，隨時會再追上來。

噬扯掉身上的藤蔓。

「逃眞快，都還沒打到，害我以爲至少有個開胃菜。」他嘖了聲，看著無用的覆蓋植物。這點東西，若是有心他能夠眨眼間破壞掉。

「他們只想要救人，也知道打不過我們。」影鬼緩慢地收回四周的黑影，系統正對逐漸朝他們逼近、越來越燥熱的空氣，不斷發出警示，「這座總長宅邸外圍已有七成區域變成岩漿，那個炎獄大概是打算徹底毀掉外頭，應該很快就會逼進來了。」

「朱火呢？」噬懶洋洋地看著被打穿的地板，打了個哈欠，繼續等待。

那些小傢伙還眞以爲甩掉他，如果不是要等雷利說的時間，他早就把小笨蛋們全撂倒，讓他們連個字都嘔不出來。

「有荒地之風的人出手，已經有人半團長、副團長都被消滅，荒地之風這次也是出了狠手……你覺得阿克雷在玩什麼把戲？」不斷收到請求出動的影鬼遮蔽掉那些訊息，停頓了下，說道：「聽他剛剛說的話，應該是提前開始解封記憶了，那麼他就不該繼續幫那些人。」

「這也不一定，畢竟阿克雷也是人，不是機器，他會想事情。」噬抓抓後頭，歪著頭想了幾秒，「搞不好他還會後悔，去幫七大星區無恥地生存下來。」

「……那就和第一家族的願望相背馳。」黑鷹有點不以爲然。

噬冷冷笑了聲，「但是，有些事情還是註定好的，我們也不允許他改變主意。」

他伸著筋骨，往後退開兩步，同一時間，失去黑影覆蓋的牆壁整個爆開，有人從外面打穿壁面，外頭焚燒中的炙熱空氣捲繞進來，很快破壞掉裡頭原本還在勉強維持氣溫平衡的機組。

被燒燬一半身體的強盜團首領跌跌撞撞地衝了進來，狼狽的樣子整個強盜團幾乎從未見過。早在奪得這個地位的那天開始，他就把見過他以前模樣的人都殺光了，每個人都只能看到他高高在上，現在這副德性如果被哈爾格的首領看見，笑聲可能會從地獄傳回人間。

發現噬和影鬼時，憤怒又扭曲的臉好像看見還沒被折斷的武器，露出一絲竊喜，「你們兩個，快點……」

「我找了很久，始終沒找到塔利尼被奪去的東西在哪裡，後來我想一想，雷利唯一沒翻過的地方，果然還是在這裡吧。」

強盜首領還沒意識過來這段話，身側一涼，他的團長已經出現在他面前，接著被燒得半焦的腹部好像有什麼穿了進去，遲鈍地傳來翻攪感；而已經覆蓋住他半個身體的黑影，正牢牢箝制他的動作，包括摀住他想要怒吼的嘴巴。

「我一直知道哈爾格的敗亡是你設計的，但是當時我太小，父親又囑咐我必須要確保家族存續，所以只能看著你們把哈爾格的人驅逐或殺掉，然後跟著那些無恥的星區狗用原本該屬於哈爾格的資源快速壯大朱火……你這第一星區派來想要過河拆橋的傢伙，現在差不多該把東西還給我們了吧。」噬抓住血肉中的物體，毫不留情地把東西從一堆內臟裡扯出來，「第一星區在背後耍的小手段也差不多該告一段落了，多萊斯家族的垃圾。」

「你……」

「打開實驗區，眞正的目的是想要複製出第一家族曾有的力量，以及尋找第一家族，進而呑食所有家族……這些都只是夢罷了。」噬把玩著手上沾滿血液的球狀物體，食指彈開還沾黏在上頭的肉末，「當時如果阿克雷沒有毀掉，我也差不多該動手了，讓你們白白利用分島製造實驗體，勾結得利那麼多年，你也應該可以瞑目了。」

朱火首領瞠大憤怒的眼睛，像是想要用憎恨的眼神殺了對方。

噬一反剛才的冰冷，露出了極淡的笑意，然後將染滿鮮血的手放到朱火強盜的臉上，「你怎麼會天眞地以爲，奪走我父親的生命和寶物，我不會報復？」手指慢慢向前勾動，啵的一聲沒入了睜大的眼睛中，然後他不以爲意地抽出手，彈去髒血。

「雷利，說好和實驗室有關的人都讓你處理。」

「謝了。」黑影瞬間包裹起朱火首領，巨大的身體不斷抽動扭曲著，最終在黑影裡頭慢慢流出一灘血液、失去動靜。

噬擦著小球上的血液，頭也不回，有點慵懶地開口：「那你們兩個誰要先來打？」

站在牆邊的兩個對手，已把剛才的畫面看得清清楚楚，現在正處於莫名其妙的驚愕狀態。

「這是怎麼回事？」

追著強盜團首領的波塞特震驚地看著朱火首領在竄逃進大廳之後，被影鬼給絞殺。

「我答應過雷利，和寇奇相關的事情都交給他處理。」噬看著逐漸被擦乾淨的小球，心情不錯地一笑，「而且我也懶得對付太弱的傢伙。」悍力雖然可怕，但對他來說根本不值一提，那種力量只對有形之物造成威脅，所以才會敗在第二類能力者手下。

「你們究竟是誰？」沙維斯皺著眉，聽到剛才那些話，他覺得事態發展不對勁。顯然強盜們的意思，是指那些實驗室都是另有目的，而過程中創造出來的實驗體基本上只是用於圖利。

噬轉過身，張開手，讓外來者看清楚他手上如同玻璃球一樣透明的物品，「我們是，第三家族。」

「塔利尼？」沙維斯將手按在刀柄上。

「噬，他們到了。」黑影鬆開被碾壓得稀爛的屍體，一坨坨如同爛泥般的血肉從影子中大量落下，他拋棄那部分的影子，重新回到男人肩上，「約定地點二，這下應該可以抓到『他』。」

「你們要抓誰！」波塞特拉出火焰。

「當然是擁有兩個兵器的人。」噬舔去手上的血，冷笑，「第六星區軍事家族也想要的東西，不過他們現在應該很忙吧，我們之前已經斷斷續續地讓這些情報流出，發現這些事情的第六星區總長正忙著肅清所有不確定力量，想要保護普通人呢。」

「我不明白你的意思。」沙維斯看著強盜。

「在你們追著我們的同時，六大星區已經開始內戰了。」噬朝黑影看了眼，周遭馬上出現各式各樣的畫面，其中一格正好出現第四星區的裁決，降臨在某家族的領土上，「現在還是檯面下的鬥爭，不過很快地，普通人就會發現聯盟軍正在撕扯。想要維持現況，或者是進一步取得最後的力量統治所有星區，又或是如我們想要破壞所有星區，區區『莉絲』是擋不住人心的，所有的聯盟軍……家族，不出手，就等著被併吞或毀滅吧。」

「你們到底在打什麼主意……等等！你說破壞星區？你們想要用母艦破壞七大星區？」波塞特詫異地開口。

「這沒什麼意外，仔細一想，哈爾格傭兵團當時因為戰爭幾乎毀掉所有星區，造成科技震盪。」沙維斯倒是不太意外強盜的目標，只要稍微想想，很容易就能明白，「他們的目的如果就是毀滅星區，那現在只是延續這些做法而已。」

「那就更不能讓他們得手。」波塞特緊咬著牙，下定決心死也要將海特爾奪回來。

沙維斯點點頭，抽出長刀。

「你們可以留下一個人陪我玩一會兒，另外一個人可以下去。」噬指指被藤蔓覆蓋的通道，「馬上決定，現在追還來得及喔。」

「快去。」沙維斯看了眼波塞特，移動腳步，瞬間擋在強盜面前。

沒有任何遲疑，波塞特燒開綠色通道，毫不猶豫地追下去。

「果然可以先和你交手。」噬原本無聊的心變得興奮，「這樣下面該會更順利了。」

「……什麼意思？」沙維斯握緊刀柄，瞇起眼。

「雷利，通知美莉雅他們全部做好準備。」噬活動著手臂，揮開肩膀上的黑影，舔著

唇，「時間剛好，可以出發了，我會馬上追過去。」

「別把自己玩死啊。」黑影嘖了聲，融化在地面。

雖然不知道他們在盤算什麼，但沙維斯直覺所有人都中陷阱了，這個強盜早就準備好他們會過來救援的各種應對。會等在這裡，除了要收拾朱火首領，還確保某些落下的指定人選能順利追上去。

得立即將這裡的狀況發出去給自己人，沙維斯卻赫然發現通訊已經完全斷聯。

因爲不知道會遭遇什麼事，所以琥珀預設過通訊斷聯的狀況，但當時他給的指令是立即退到集合點，沙維斯並不認爲適用在眼下的變故。

雷鳴聲開始低低在天空中怒吼。

「你們用了炎獄的釋放能力，要毀掉整個基地點。不意外，我也認爲應該會這樣，正好可以幫我們收拾爛尾。」噬看著越來越乾燥的手指，「土地岩漿化，熔解到這邊還有點時間，我看我們就玩到那時候吧。」

沙維斯並不想和對方浪費太多時間，揮出刀，削開強盜閃避不及的衣襬，眼也不眨地回過身，射出環繞在手邊的雷光。

噬急速避開連續攻擊，瞬間拉出距離，也愉快地抽出自己的刀，「你可以不用浪費能力，那些對我沒有用。」

「我知道你是第三類能力者。」一直沒探查出對方的能力是哪種，沙維斯快速舞動刀式，每一次都撞擊在對方的刀鋒上，迸出許多火光，「但無所謂，只要除掉你，什麼都不是問題。」就算再怎樣強的能力者也都只有一條命。

「這麼說吧，其實如果我想認眞，你要砍到我也是個問題。」

像是要證明自己的話，噬冷笑著張開雙臂。

沙維斯把刀劈進對方身體時著實愣了一下，他並沒有任何砍中「物體」的感覺，刀鋒劈開的身體甚至一點血都沒有。

「但是，這樣就太無聊，不會受傷的打架眞是太無聊了。」

聲音在自己身後響起，沙維斯想要避開已經來不及。

消散在他面前的男人眨眼出現在自己背後，刀尖隨著對方的話語插進他的肩膀。

「你們是永遠對付不了『粉碎』。」

□

青鳥完全不敢相信眼前所看見的一切。

躺在一邊的曼賽羅恩和藤，還有被撕開手腳的大白兔，以及被撞擊後受創倒下的自己。

「我說過了，你們這些兔輩，不想死就不要亂來啊。」

恢復原本樣貌的美莉雅站在青鳥面前，陰狠的臉上是有點彆扭糾結的表情，「你們是真的打不過我們。」

這些事情發生得很快。

從綠色通道一路快速到達深海港口時，青鳥只來得及看見停泊在海中央的潛水船，接著四面八方出現藏匿著的強盜團。

即使大白兔等人立刻反應過來，也的確擊倒所有打手，但那個可怕的大肌肉和美莉雅一出現，戰況便朝完全不利的方向一面倒。

自上方滴下的黑影瞬間箝制了包括大白兔在內的所有人，大肌肉和美莉雅也在眨眼間搏倒眾人，他們甚至沒看清楚這兩人是怎麼出招的，速度快得驚人，連青鳥都沒有捕捉到對方的行動。

美莉雅偏過頭，撩高頭髮，讓青鳥看見自己頸上有枚印記，那是使用藥物克制能力

的痕跡，而且看來還非常強力。

「你們一直隱藏自己的力量？」青鳥愣愣地發現大肌肉的腳上也有類似的痕跡。

「不這麼做，我們怎麼能順利待在強盜團裡，你認爲朱火的首領會放任太過高強的哈爾格餘孽在他眼皮子下兜圈嗎。」黑影冷冷的聲音傳來，然後拔高成爲人形的樣子，居高臨下地看著所有人，「這裡被搗滅的速度比我想像的還快，但一開始我們就沒打算要守住，哈爾格的人早已全數撤退了，我們是最後一批。」

青鳥還沒反應過來，就看見大肌肉一把掐住琥珀的脖子，將人提起來。「不要碰琥珀！」

「放心，我們不會傷害他，我們比你們更需要他。」黑影看了眼湖水綠少年，拉出壁障擋住青鳥，「原因他自己很清楚。」

「但是我們可不清楚。」

一絲火焰纏繞上克諾的手，立刻迫使強盜鬆開手掌。

琥珀落到地面後，連續咳了好幾聲，轉身往青鳥的方向跑。

原本要阻攔對方腳步的黑影被火焰給驅散。

「琥珀弟弟瞞了事情大家都知道，不過那是我們的問題。」從通道追上來的波塞特掃了眼慘況，心底其實有點訝異，但沒有擺到臉上，他在追上來之前已做好可能會死傷慘重的心理準備。「我哥應該就在那艘潛水船裡吧。」

「沒錯，附帶一提，他也能看見你，我們打開觀景窗，相當清楚。」黑影很爽快地承認。

波塞特深深呼吸了下，朝潛水船方向罵了句：「白痴！給我好好等著，我馬上就把你帶回佩特那邊！」

幾乎可以想見那個兄長也會回罵一句「你才是白痴」之類的話，波塞特握住火焰，很想快點結束這一切。

那個笨蛋，不應該再受到這種折磨，他應該要開開心心地待在佩特的小酒館裡，擦他的鍋碗瓢盆。

「如果你們這麼想見面，也不是不能讓你們見一下。」黑影冷笑了聲，「看在寇奇的份上，讓你們說兩句遺言？」

「你慢慢去找寇奇說吧。」

波塞特甩出火光，猛烈的火瀑立刻將深海蒸發出一條直往潛水船的通路，也將潛水船的防具外殼燒得半熔解，強大的火焰驅散了擋在前面的黑影，暢行無阻。

「你這臭小子！」克諾青筋一跳，馬上就要衝上前殺人。

「動了他，噬會很囉嗦。」黑影擋在同伴面前。

潛水船被燒穿一個洞時，火焰突然往兩邊讓開，絲毫不敢傷害到裡面的人。

「快給我回來！」波塞特看見海特爾的身影，立刻喊道，「還要在那裡待多久啊！」

話才說完，他就發現對方的不對勁。

海特爾看起來一點也不開心，而且表情還有些驚慌失措，似乎他們來到這裡是一件錯誤的事。

接著，波塞特看見覆蓋在自己哥哥身後、控制一切行動的黑影，因爲火焰帶來的光明，背面的影子反而更加黑暗。

「接下來如果讓你們繼續追著跑也是個麻煩，既然這樣，人還你們，東西我們就帶走了。」黑影伸出了爪子，一點一點地撕開青年的胸口。

「住手——」

「嗯？」

波塞特瞠大眼睛，聚集的火焰已經來不及削除黑影。

黑影發出疑惑的聲音，停下了動作。

「雷利，搞什麼？」克諾注意到同伴的異狀。

「有什麼……有什麼東西……」黑影閃爍了下，「有不知名力量……」

幾乎同時，波塞特感覺到不屬於他的火焰在海特爾身邊溫柔地燃燒起來，火焰逼退黑影，放開了胸口已經赤紅的青年。

來不及想那些，波塞特連忙踏過火焰通道，衝進潛水船裡。

抱住海特爾後回過頭，他才看見自己的火焰已經一反燃燒中的赤紅，搖晃著轉爲蒼白的顏色。

這不是他的火焰，也不是弗爾泰的火。

屬於第三個頂端能力者的炎獄之火。

無預警的出現讓波塞特吃了一驚，而且這次距離非常接近，混合著奇異的黑影力量，卻完全察覺不到來源。

是那些荒地之風的人嗎？

「雷利，我們不能動了，有調魂！」美莉雅僵在原地，低吼。

無視於騷動，細小的綠色植物從藤的背包中竄生出來，覆蓋兩名傷者，自動開始治療。

青鳥看著眼前的一切，腦袋嗡的一聲整個空白。

他只能機械式地反射性轉過頭，盯著身邊熟悉的面孔，既冰冷又無溫，就像個人偶般，沒有任何人類該有的神情。

「……琥、琥珀？」

第四話▼▼▼不是敵人

「發什麼呆啊！還不快點過來！」

琥珀的怒斥讓其他人很快回過神。

波塞特有點震驚地看了眼琥珀，還沒對那些突如其來的力量理出個頭緒，反射性抱起海特爾，急速踏過火焰回到青鳥等人身邊。

「學長、兔子，帶著另外兩人撤。」琥珀看了眼也呆愣掉的青鳥說道。

一旁大白兔搖搖晃晃地站起身，被扯斷的手腳已被藤蔓重新固定好，勉強可以使用。眼下確實沒有太多時間讓他們驚愕，大白兔和青鳥立即各自扶起人，轉向琥珀。

看著手腕上儀器傳來的各種消息，琥珀站起身，「走吧，其他人都順利撤退了。」上面開始傳來炙熱的壓力，岩漿可能很快就會從上方滴下來。既然這裡有深海碼頭，他當然就把他們的潛水船往這個位置召來。

「等等……」

抱著人的波塞特正要先處理海特爾的傷口時，對方突然一把抓住他的手，「你們弄錯了……不是……我不是……」

「什麼？」看血液從兄長嘴巴湧出，波塞特又氣又急地想要按住對方的動作。

「我是布……」

話還沒說完，詭譎的壓力突然籠罩在所有人身上。

波塞特正要揮出火焰，後方猛然出現的手一把抓住青鳥後頸，將他高高提起來。

「放下他！」琥珀看見不知道什麼時候出現在他們身後的噬，立即抬起手。

「你最好不要輕舉妄動，『阿克雷』。」噬緊掐著小個子的脖子，一開口，對方掙扎的動作突然停下來，「我們很有禮貌地邀請你，希望你履行你的責任和承諾，先放開我的人吧。」

「該放手的是你。」

長刀伴隨著清冷的嗓音架到噬的頸邊，他沒回頭看，只懶洋洋地勾起冷笑，開口：「你不是已經知道我認眞起來，你的能力也沒用嗎。」

波塞特看見沙維斯全身都是傷、左手還被折斷時，非常震驚，他沒想到強盜竟然可以把沙維斯傷成這樣。

「但是你也不是眞的不會受傷。」沙維斯冰冷地回答：「我很肯定那不是你刻意想受傷。」

噬看了眼自己剛剛被閃雷燒焦的左肩膀，聳聳肩。接著將視線放回少年身上，「你

怎麼說？『阿克雷』，約定的事物就在面前，我也沒耐性繼續陪你們玩了。」

握著火焰想要趁隙襲擊的波塞特，在聽見第二次同樣的名字之後，也有些疑惑地看了看臉上好像凝了一層冰霜的少年，湖綠色的眼睛死死盯著已經快被掐到窒息的青鳥，遲疑了幾秒，少年才開口——

「你把他放下來。」琥珀淡淡說道：「我們也會放開你的人。」

「行。」噬鬆開手。

青鳥整個摔在地面，來不及揉屁股，連忙擋到琥珀面前，用力張口好幾次，才從發痛的喉嚨裡擠出變調的聲音，「給我離琥珀遠一點！」雖然他不知道強盜是用什麼心態亂用名字叫人，但直覺他們應該遠離這些人。

太不對勁了！

琥珀就是琥珀，亂叫什麼「阿克雷」。

只短短幾秒，美莉雅和克諾、影鬼已恢復自由，虎視眈眈地環伺在兩邊。卸除掉抑制，他們的力量感與以前全然不同，特別是克諾，與上次交手時，簡直是不同的兩個人，青鳥覺得如果這次艾咪再給他一擊，說不定根本造成不了什麼傷害。

沙維斯並沒有放鬆戒備，纏繞著雷電的刀隱約散發著莉絲黑光，不過很快就被地下依然殘喘著的防具稀釋掉了。

一滴高熱岩漿從上方墜落。

「我說，換個地方談吧。雷利。」噬完全不在意脖子邊的刀鋒，朝影鬼使了個眼色。

很快地，另一架更大的潛水船出現在深海中，黑色外殼幾乎要融進海水裡，像層特殊的保護色。

「『阿克雷』，你也看得出來吧，你們的目的沒有達成，既然想要人，就來吧。」噬環顧一地傷者，「塔利尼的船上有治療用品……而且我覺得，你的計畫中原本應該就有談判這一項吧。」

「什麼意思？」波塞特抓緊海特爾，憤怒地咬牙，「琥珀弟弟？」不知道爲什麼，他有一種被人設計的感覺，而且他們也眞的被設計了。強盜利用各種勢力在上面大開戰脫身，還要他們一起搭船離開？

「……那是『虛仿』的力量。」琥珀淡淡看了眼波塞特手上的人，「強盜團裡有『虛仿』。」柏特曾認爲有「虛仿」喬裝成他，後來陸續發生很多事情，又一直沒查到這個能力者的行蹤，他就忽略了。仔細想想，當調魂不再幫他們轉換並控制第七星區的權貴們之後，很多人物無法簡單地用易容混過去，肯定是有虛仿出手以假亂眞。

「虛仿」是塔利尼隱藏的另一張牌。

「什麼?」波塞特愣了下，接著發現他拘著的人開始慢慢像褪去外皮一樣，形態扭曲了起來。很快地，他手上的人就這樣變成了一個不知道該不該說面熟的女人。

「布蘭希統帥?」大白兔看見經常在追捕自己的女性，也很詫異。第七星區被強盜團控制之後，布蘭希便音訊全無，失去以往威風凜凜風采的女性現在狼狽不堪，整個人看起來非常糟糕。

因為失血過多，女性臉色很蒼白，不過還是惡狠狠地瞪著強盜團，像是把所有力量都用在眼睛裡般那麼用力。

「海特爾呢?」沙維斯將刀鋒按進噬的脖子裡。

「放心，有人照顧，就在那裡面。」噬很隨意地指指黑色潛水船，完全不擔心會被割斷脖子，「再不過去，可能真的會先把他心臟挖出來，比較方便攜帶。」

「你——」波塞特差點捏住火焰往對方臉上砸。

「等等，我們過去。」琥珀看看沙維斯、大白兔和波塞特，最後將視線放在布偶身上，「如果你們相信我，就信我到底，你們能夠自由判斷要不要繼續。」

「你們回去，我去。」沙維斯看向波塞特。無論如何，這已經擺明就是陷阱，自己過去總比全部的人都栽得好。

「囉嗦什麼，我哥我自己保護。」波塞特揹起女性，橫了無關的外人一眼。

大白兔想著出發前琥珀特地告訴他和青鳥的話，朝琥珀點點頭，「在下相信你。」

琥珀冷哼了聲。

□

那麼你的打算？

當時，大白兔這麼詢問少年。

「我打算……」

少年回望著他，還有青鳥，這樣說道：「談判。」

「咦？」青鳥沒想到自家弟弟是這種想法。

對於兩人的訝異，琥珀面色不改，靜靜地開口：「我覺得他們也在等。」

「等？」大白兔有些疑惑。

「他們在等某個時機到來。」琥珀思考著如何簡單地把事情告訴腦袋也有點簡單的兩人，「老實說，我們現在手上的人如果要對上朱火強盜團的總實力，短時間內很難取勝，不過總是比先前有可能多了。加上傭兵團、荒地之風，說不定可以用打帶跑的暴力闖關方式一搏。」

「這樣不是很危險嗎？」大白兔開始覺得憂心。雖然說面對的是強盜團，但這麼多年以來，強盜團不滅反增，實力可見一斑，要說他們對上的是龐大的軍隊也不爲過，更何況，朱火吸收了第七星區，還擁有聯盟軍，暴力硬闖其實討不了好，還不如老老實實想個計畫潛入，好好地將人救出。

「他們知道我們必定會回去，已經做好很多準備，而且他們應該很快就要取出海特爾身體內的東西，我想我們沒時間用計謀、花大半個月分散敵人和潛入，乾脆就用最大的破壞力砸掉整個據點，破壞他們的準備，砸了馬上就跑，不要戀戰，說不定效果反而會好。」琥珀評估著手上現有的人手，不少人都能做到大規模的破壞，這樣即使設了陷阱也不太須要擔心，只要儘可能毀掉就可以。「即使如此，順利救回海特爾的機率，實際上也很低。」

「嗯？那……？」大白兔等著對方。

「噬有本事來荒地之風搶人，就表示他有把握我們無法將人帶回，不論用什麼手段，他身邊的影鬼就是最大的枷鎖，只要影鬼和海特爾綁在一起，我們即使救到人，也無法『眞正救回』他。」琥珀下意識收起手指，慢慢地說：「剩下的辦法，就是談判。」

他們能破壞系統、能武力破壞整個據點，但他們解決不了影鬼的控制，還有對方手上那些連結海特爾心臟的東西。

「慶幸的是，我覺得噬並沒有服從朱火。」琥珀稍停了下，繼續告訴兩人，「噬那群人其實有很多機會可以消滅掉我們，但他們沒有動手，也就是說，他們還在等待一個時機，所以不急著處理我們……甚至也利用我們在某些時候成爲煙幕彈，藉此來掩飾他們的活動。如果有這個前提，我想最後必須走的還是談判這條路。」

大白兔沉思了幾秒，讓少年繼續說下去。

「只是，有些人未必會贊成這麼做，特別是弗爾泰，他不會讓我代替所有人，甚至是用他兒子的生命來談判。」琥珀想到烏爾的首領，只覺得對方聽到這個方法會暴怒，「所以我不打算和烏爾商量這事情，只讓我們自己人知道，稍後我也會找時間告訴波塞特和沙維斯等人。如果你們兩個相信我，就相信我到底，我絕對不會傷害任何人……包括弗爾泰在內。要救人，就得徹底地帶回來，不能再讓他有理由被擄走。還有，我想到時候我們會在那裡發現其他可能須要救援的人，要做好一併帶走的準備，烏爾可能不會讓我們浪費那個時間。」

烏爾的首領只想救兒子，但是琥珀希望的是把所有人救回來。這其實也是波塞特的希望，讓海特爾再也不會與強盜們有所牽扯，好過未來又斷斷續續糾纏不清。

「在下明白你的意思，只是……」大白兔頓了頓，看著少年，「你怎麼有把握談判就能救回人？難道你有比那些資料更好的東西？」談判說難也不難，只要有更大的誘因，就能讓人放手。他疑惑的是，難道少年手上有更好的？足以讓強盜們放棄海特爾？

「你們只要完全相信我，我不會做出對海特爾不利的事。」琥珀並沒有回答大白兔的疑問。

大白兔深深地看著說著這些話的少年。不知道琥珀有沒有發現，他的語氣變得有些急切、懇求，好像是想要請求別人信任他，這在過去並沒有發生過。

少年總是高傲地鄙視其他人，冷冷淡淡，愛理不理，管他人要不要信任，他都扭頭逕自做自己的事情。

大白兔有點懷疑少年透出的這種急切，但一個人的態度是否有著善意，他能夠分辨。

所以，他點頭了。

就如同現在。

從先前的談話中回過神，大白兔看著面無表情的少年，在心中重複了同樣的話。

在下相信你。

□

所有人進到黑色潛水船的同時，第七星區總長的住所也完全崩解。

「你們倒是幫了個大忙，徹底把這裡給搗爛，省得我再浪費時間。」噬把玩著手上的玻璃球，似笑非笑地直接在潛水船小廳坐下。「而且所有人都看見是兔俠組織出手，省了不少事。」大白兔根本就是活生生的標記，即使抹掉錄影，他安排的聯盟軍情報員也會看見最顯眼的布偶，同時將目標情報擴散出去。

現在第七星區最大的新聞，就是兔俠組織出手了。

「……各團團長、副團長幾乎都已遭滅，你們可以順理成章接收所有朱火勢力，包括

被併吞的第七星區，朱火和聯盟軍只會把帳算在兔俠組織或協助者上頭。」琥珀冷冷地哼了聲：「所以那時候你們才在那邊等，等我們闖進去。」

「沒錯，謝謝啊。」噬看了眼已變成獵豹走動的黑影，「雷利，給他們醫療物資。」

黑影瞥了幾個傷殘的外來者一眼，甩下尾巴，周圍立即浮出好幾個飛動的小盒子。

盒子先大致治療過藤，接著綠能力者默默替其他人處理傷勢，包括已經昏迷過去的布蘭希。

青鳥則是把琥珀護得死緊，一點戒備也不敢放鬆。

美莉雅看著一群人，哼了聲，轉頭離開小廳。

「克諾，你也去控制室。」噬看向一邊的巨漢，「我們被盯上了。」

「弗爾泰追過來了。」琥珀往波塞特那邊輕聲說了一句：「就像之前說的，既然你們要來，那就別妨礙我，相信我的方法。」他們已經錯過一次機會。

「噬，第七星區被其他六個星區的派遣船攻擊了。」影鬼甩著尾巴，慢慢地悠晃幾步，「和我們預料的一樣，就讓那些安插的掌權者去處理，反正我們該到手的東西都已經到手。」

「諸位究竟在想什麼？爲了己身目的就要讓第七星區這麼多普通百姓陪葬？」聽見

強盜的對話，大白兔擔心起第七星區的一般人們。比起其他擁有科技的星區，第七星區的人更不容易對抗這些威脅。

「你這種話不該對強盜說吧。」噬勾起嘲弄的笑容。

確實不應該，但大白兔一想到這些人也是古老家族之一，就覺得他們或多或少該顧慮一下星區的普通人們。

畢竟當初到達這裡，每個家族都是懷抱著想要延續下去的心情。

「如果你認爲塔利尼的後裔就該揹負人類生存的責任，抱歉，干我們屁事。」噬看著破破的大布偶，很不以爲然，「神那種東西只存在你們腦子裡，但對我們來說……」他把視線轉向湖水綠的少年。

這動作其實已經很挑釁眾人，加上剛才強盜喊出的名字，但現場一片靜默，完全沒有人開口詢問，莫名的默契讓噬挑起眉。

「我們已經來到這裡，你也該讓我們見見海特爾吧？」琥珀迎向對方的目光，冷冷說道。

噬朝影鬼揮了揮手，很快地，小廳邊側的幾個房間紛紛開鎖，波塞特立刻跑過去打開其中一扇被標記的房門，看見躺在裡面靜靜沉睡的兄弟時，鬆了口氣。

沙維斯也不太客氣地推開其他房門，一個大型的醫療倉、一個小女孩、兔俠組織那個背叛者，還有一名讓他皺起眉的人，所以他回過頭，看著琥珀和青鳥，「沙里恩的人。」房內男人的特徵實在與矮小的少年太過相似，而且他也知道這個人。

青鳥立刻拉著琥珀往那個房間跑，沙維斯讓開身體後，他看見沉睡在房間內的男人時，倒抽了一口氣。他還記得當時對方擋在他前面變成粉末的畫面。

一旁的房間傳來聲響，拖著傷勢的布蘭希看見小女孩時，也鬆了口氣。

「那麼現在我們來談談第二件事吧。」影鬼打斷所有人的動作和心情，端坐著，黑影自他腳下擴散，語氣森冷，「全部的人裡，阿克雷可以選擇一個帶走。當然想用暴力是不可能的，這些人身上全部都用了塔利尼家特有的藥物，還有我的一部分，如果沒有我們的處理，他們永遠不會清醒。」

幾個人立即看向琥珀。

雖然不知道這個稱呼的意思，但他們知道對方指的是湖水綠少年。而每個人都希望能帶走自己想帶回的人，不希望被落下。

「全部都要帶走。」琥珀根本不打算選擇，斜了眼過去，一一瞪向幾個人，然後開口：「我說過了，我要『救人』，不要隨便質疑我的話。」即使人數比他預想的多，但並

不衝突。

「雖然你是阿克雷，但我很懷疑你有辦法在我們的手下把人全都帶走。」噬勾起有趣的笑容，「更別說你還沒完全『取回』，那個身體負擔應該很大吧？」

「塔利尼知道的還眞不少。」琥珀冷哼了聲。

「我們以前從一名蘭恩家的人那邊聽說了不少事情，當然我們家族也留下不少被星區抹除的歷史。」噬偏著頭，笑著：「所以你應該知道，我們不是你的敵人。」

「那很好，把我要的人都給我，還有解藥。」既然對方這麼說，琥珀當然不會多客氣，「假如你們自認不是敵人，就應該讓我看看你們相應的動作。」

「這不行，說一個就是一個。」影鬼毫不退讓地回答。

「那我只好自己拿了。」

琥珀話語落下的同時，黑色潛水船突然狠狠停頓了下，內部光源瞬間消失，整個空間陷入一片黑暗。眨眼過後，燈光重新亮起，廳內卻多出好幾顆湖綠色細小光球，看似隨意地飄浮在空氣中。

「就算你奪走這艘船也沒有用，我們的藥不在這裡。」似乎早就料到控制權會被搶奪，影鬼動也不動地說道：「而且……」

話還沒說完，潛水船再度震動搖晃，還持續了好半晌。連同強盜在內的所有人，都把視線放在目前擁有船隻控制權的人身上。

「不是我。」琥珀橫了眾人一眼，將潛水船的壁面改動為能夠看見外頭的透明畫面。看見外頭的狀況後，不只青鳥等人愕然，連強盜們也有點訝異。

「噬，我們被攔……」直接踹門進來的克諾，在看見小廳已有畫面時，很快消音了。

原本應該在深海中暢行無阻的潛水船，居然直接滑稽地卡在海床上，四周海水全被蒸發，大量熱氣將周圍生物烤得乾熟，金紅色的火焰自上方像龍捲一樣不斷推開海水，紫黑色的毒霧像是被隔離開似地卡在火焰附近、濃密地壓縮著。

不用猜波塞特也可以感覺得出來這是誰的力量，只是對方追上來的速度比他們想像的還要快很多，看來烏爾能夠在短時間裡建立起地位果然是有不少厲害之處。

還沒反應過來，潛水船突然狠狠一震，好像有什麼重物掉在所有人正上方，接著響起潛水船溫度失衡的警報，短短幾秒內，潛水船就硬生生地被刺眼的金紅色火焰熔穿一個洞，驟起的高溫席捲而來。

很快地，所有人看見黑著臉出現在外面的傭兵團團長，以及團團包圍潛水船的烏爾傭兵眾人，幾乎每個都來勢洶洶，滿臉殺氣。

琥珀有時候眞的覺得自己講壞事時，特別準。

站在火焰之前的弗爾泰一揮手。

「全部抓住。」

□

「進來這邊。」

琥珀讓青鳥支撐起還沒治療完畢的曼賽羅恩，自己則是扶著藤快速跑進丹泉沉睡的房間，後面的大白兔扛著北海、沙維斯夾著茉莉、攙著布蘭希，最後波塞特抱著自己的兄弟，瞬間將房間給塞滿。

「隔壁房間還有一個人。」沙維斯感受到有點熟悉的力量，提醒琥珀。

「那種治療艙很耐破壞，一時半刻不會有事。」邊這樣說著，琥珀邊迅速控制已經遭到破壞的潛水船，啓動分離房間的逃生功能。

這類型的潛水船被破壞時可以分離房間，成爲獨立的小型逃生艙，他們那個小號的潛水船當然也有，小小的房間就是一個逃生隔間。

「你們是逃不掉的。」房間一角浮起黑影，影鬼形成的小黑鳥站在一旁的治療小盒上，「這裡睡著的每個人我都種了影子，只要你們帶著人，不管怎麼逃都躲不掉，這手段你們應該早就知道。」

「那又怎樣。」琥珀按下啓動鍵，感覺到外面的熱度開始逼近。

「也是，畢竟你是……嗯？」影鬼中斷對話，立即在所有人面前消失。

同一時間，潛水船再次震動了下，好像有什麼巨大的力道撕扯開船體，高溫還沒波及到房間，房間便先鬆開連結，衝進海水，重新進入深海區域內。

琥珀打開牆壁畫面，幾個人看見黑色潛水船已被烈焰熔得幾乎看不出原本樣貌，黑色的影子覆蓋在潛水船上，強悍隔離開還想往下燒的金紅色火焰。不過他們也看得出來，即使影鬼力量遠比他們想像的還要厲害，但面對近乎相剋的屬性，已有點敗退的跡象。

「琥珀，你看。」原本想說好像能夠順利逃脫的青鳥倒抽一口氣，連忙抓著他家弟弟往後看去。

深黑色的海層裡，隱約出現好幾個輪廓，大小竟然與強盜的潛水船很相似。

「塔利尼家族的船隊嗎？」沙維斯試著去搜索那些船體，但全然沒有任何反應，那些黑色潛水船似乎用了什麼可以隔絕能力者的東西，連一點力量都探測不出來。

「……你們聽我說。」看著已被黑船回收的醫療艙房間，琥珀在心中盤算了下，「我雖然能控制這個房間不讓他們回收，但人太多，使用這個逃不遠，就按照原定計畫，先把傷者都用我們的船帶走。」他打開畫面，讓所有人看見己方的潛水船一直跟在附近待命。

「塞得下嗎？」波塞特看著一室的人，多出來的人比預計的還要多不少，那艘小潛水船原本也只能搭載五、六個人，現在根本大超載。

「以傷患爲優先，只要撐到海面上就會有人接應。」琥珀看著波塞特，「你、海特爾，還有藤、曼賽羅恩、布蘭希、茉莉、北海搭潛水船先上去；青鳥、沙維斯、丹泉和兔子使用這個逃脫房跟著上去，這樣才不會被拉慢速度。潛水船的控制權就交給你，而逃生房的控制權交給沙維斯，必要時候你們兩個要保護所有人。」

「……等等，琥珀你要搭哪邊？」不知道爲什麼，青鳥總覺得好像哪裡不對勁。

「琥珀弟弟，這和你原先的計畫好像不太一樣啊。」波塞特也皺起眉。

出發時，琥珀告訴過大家的計畫是強行救援。

強盜團已經算準了他們的一舉一動，再加上對方手上有高階影鬼，他們的行蹤一開始就藏不住，只能用最大的破壞手段邊擾亂邊闖進去。運氣好的話，可能會很快救出海特爾，但運氣不好，就會中幾個強盜團的陷阱，讓營救變得很困難。

當時琥珀說了，噬那群人可能對朱火強盜團不是那麼忠心，所以讓他們多加留意這些人，很可能在這次破壞與削弱朱火力量中，他們會露出點什麼、得以進行談判，這也許能夠協助他們救出更多人質，包括也在預計內的丹泉。

只是要特別注意對內情不熟的烏爾會因為救子心切來壞事，例如剛才的舉止。

在琥珀的計畫裡，即使談判不成，只要能撤退到約定點或者海面上，就會有荒地之風的人前來接應，並擺脫強盜們。不過現在烏爾一個大破壞，不只引來塔利尼深藏在海底的船隊，還有可能刺激周圍各種勢力發動大攻勢。

荒地之風依約攔住了海面上的強盜團救援，但要他們立刻轉往海底下，還要花費不少時間，這段時間足以讓那些塔利尼的援手將他們都抓住了。

「你還有什麼打算？」沙維斯問道。

「那些是古代潛水船，塔利尼家族分配到的高科技資源，外層有抗入侵的塗裝，我想要靠近一點癱瘓那些船隻，這對我們會有很大的幫助。」琥珀打開房間裡的緊急小櫃子，拿出塔利尼預備在裡面的潛水儀器扣在手上，「還有船上可能會有解藥……也就是說，我要進行剛剛未完成的談判，這和原本的計畫沒什麼不同。」

「那我和你去！」青鳥立刻開口。

琥珀看了矮子一眼，語氣很冷淡，「不，你們的傷勢會妨礙我，全給我上去。」

「在下沒有傷勢問題，請讓在下陪你過去。」大白兔隱約覺得少年似乎隱瞞了什麼眞正目的，所以很快說道：「如果進到船內，他們不願意談下去，你也無法獨自對付內部的人，或者你有方法？」

少年一直沒有像他們這樣表現過強力的武技，大白兔盯著對方，有些試探。

「……你們應該知道船上都有防衛系統吧，拿到控制權反攻擊對方就行了。」琥珀懶洋洋地白了兔子一眼，「或是你們認爲我能藏有什麼大俠般的身手，被你們暗算如此多次之後還不拿出來用嗎？」

「這倒也不是，在下只是擔心你應付不來。」大白兔說道：「而且無論如何，在下認爲只有你自己一個人，會讓其他人無法放心。」

「隨便你，如果這樣你們能安心。」

一人一兔以最快速度掛好潛水儀器後，青鳥還是非常擔心。

隱隱約約，總覺得好像有什麼讓人害怕的事情會發生。雖然到目前爲止，都還算是在初始計畫之中，但原本談判這一環應該要有沙維斯等人跟著，而不是讓琥珀獨自前往。

「放心，我不會有事。」琥珀支著下頷稍微想了下，朝一張臉已快皺成沙皮狗的矮子說道：「敢和你們一起來這裡，就代表不管發生什麼事，我都有計畫可以應對。」

「可是……」青鳥咕噥了幾句，還是很不安。

「別浪費時間，塔利尼快要包圍過來了。」看著黑色潛水船隊已經逼入攻擊範圍，琥珀看了眼與小潛水船之間的通道，該過去的人差不多都移過去了，他便轉頭和沙維斯打個招呼，「我會把你們的東西帶回來。」

「什麼？」沙維斯愣了愣，還沒反應過來，少年和大白兔已順著通道直接進入海水層，很快地自所有人的視野裡消失。

□

大白兔跟著前方的少年。

進水之後他就將水中儀器切換成自動模式，緊跟著前方。

雖然說不上來有什麼問題，但根據自己的直覺與經驗，大白兔很肯定少年離開船這件事非常不合理。少年以往的行動都是很隱匿的，不喜歡和他們一樣衝在前面，甚至討厭協助什麼的，所以這次，從荒地之風的首領說了那些事情開始，少年就已經不對勁了。與其說是一反常態，不如說，對方似乎是默默地想要推動「什麼」加快運作。

大白兔還無法看出他的意圖，也不知道那個「什麼」是怎樣的概念。

還有，早些時候，強盜們以「阿克雷」來稱呼……

對於信奉請願主的大白兔來說，那個名字代表什麼他最清楚不過。雖然星區也有很多崇拜者會用神的名字來為自己的孩子命名，但大白兔認為強盜們的稱呼並不是那種崇拜取名，而是真的在喊對方「阿克雷」。

他與其他人一樣一頭霧水，但基於少年在出發前說過不管有任何問題，都必須在事件後才能發問，否則會影響行動，所以當下才沒有任何人提出，他們相信少年是真的想要幫忙救人，他表現出來的也是如此。

但，大白兔那時候還是差點忍不住。

和少年相連的儀器在靠近潛水船隊附近時，自動轉換成匿蹤模式，讓大白兔和琥珀能夠很順利地貼到船腹，沒有被任何人發現，也沒有被任何系統掃描出來。

琥珀貼在船腹，入侵了基礎系統，無聲無息地打開下方的小門，讓兩人能夠從船底的緊急出入口潛入，然後再排掉跟進來的海水。

確定進入到乾燥區域後，大白兔左右張望了下，這艘黑色潛水船確實比他們的大很多，就和剛才那些強盜們用的是同一種型號，看來這是底部的備用空間，旁邊還收納著些許物資，覆蓋了一層眞空氣層，連綠色的蔬菜看起來都像剛採下來般新鮮。

「你要相信我，我絕對不會是敵人。」

站在前面的少年突然迸出了這樣一句話，這句反覆提醒他們的話。

大白兔還沒反應過來對方的意思，少年已經抬起右手，一縷像是誓言的綠光在他手上聚起，飄浮出小小的光球。

同時，潛水船頓了下，像是喪失動力般，突然消失所有光線，周圍霎時陷入整片的黑暗。不過黑暗並沒有維持太久，幾秒後重新亮起，就和先前一樣，船內的光已經變成那種湖綠色，而上方似乎傳來不小的騷動。

「走吧。」沒表情的少年淡淡開口。

像是迎接他們似的，就在少年停下話語那刻，上方突然打開通道，那些騷動瞬間安靜下來，好像通道打開不在他們的預料，再怎樣訓練有素的船員還是出現了短暫驚愕。大白兔亦步亦趨地跟著少年走上階梯，一出門口，四周果然已經有約略七、八人拿著武器團團包圍他們，看樣子竟然全部都是能力者，穿著統一的服飾。仔細一看，衣服上竟然還有塔利尼家族失傳許久的家徽。

「我知道這裡有雷利的一部分。」

少年面對這種陣仗也毫不驚訝，甚至無動於衷，只是像平常一樣冷冷地開口：「如果想和『我』交談，這是唯一的機會。」

幾秒後，地上的影子浮出了巴掌大的黑影小鳥，拍著翅膀飛到其中一名船員恭恭敬敬張開的手掌上。

「我和嗤沒想到你反而會自己上船。」

影鬼雖然一邊還在與傭兵團纏鬥，但竟然還可以遊刃有餘地和少年進行對談，「『阿克雷』，你還有什麼需求？」

少年看了眼有點僵住的大白兔，然後轉回影鬼，開口：「我知道你們想要什麼，所以談個條件。」

「喔？」影鬼偏過頭。

「我將數據交給你們，你們不能再碰海特爾一根手指。」少年想了想，開口：「你們必須保證他的安全，還有他弟弟與其他人的安全。另外，將所有人的解藥都交給我，不能偷偷保留，以及撤掉你那些影子。」

「琥珀？」大白兔有點被搞糊塗了，他不懂少年現在和強盜所談的意思。他想付出的籌碼到底是什麼？

「『阿克雷』，這個要求過頭了，按立場來說不應該是你會講的話。況且我們不知道你手上是不是眞的有數據，你的『設定』照進程來說，應該還不到那裡。」影鬼語氣有些散漫，「雖然你是『阿克雷』，但沒有保障的事情我們也不會做。如果你能證明點什麼，無論你要求哪些，我們都會服從。你很清楚，塔利尼並不是你的敵人。」

「既然如此，你要遵守約定。」

少年捏碎手上光球，潛水船的光色猛地恢復正常，被控制的系統傳來更新提示——

「編號VT8－97EX004，領航員代號Christine。本船獲得越級授權，即將爲本船重新開通封鎖航線，您將能進入副環繞航道——『VT-0』第八支線，如您需要……」

領航員的話還沒說完，周遭船員臉色都變了，急忙各自回到位子上。

「噠，別打了，立刻回來！」影鬼的聲音也很倉促，然後轉向少年，「『阿克雷』，你——」

「解藥，別再讓我說第二次。」少年冰冷執拗地開口。

影鬼這下也無法保持從容，很快地就有個船員拿來一個白色的盒子，交給恍恍惚惚不知道該怎樣反應的大白兔。

「你們要遵守約定，現在派出小船讓我們安全回到海面上。」少年扯了扯大白兔的耳朵，慢慢往出口方向移動。

「『阿克雷』，你不能越過自己的設……」

「我們要離開了。」少年淡淡地打斷影鬼匆忙的話語，「塔利尼家族，服從。」

第五話▼▼▼遺族

大白兔進入強盜提供的小小潛水船後，還是感覺腦袋一片空白。

他試圖理解少年和強盜啞謎般的對話，卻完全難以理解他們的內容，但能確定剛才少年肯定給了他們什麼事關重大的東西，導致強盜一片慌亂。

這代價是否超出他的想像？

琥珀究竟給了什麼？

這東西他從一開始就知道能夠交換所有人？

「琥珀……」

大白兔忍不到回去，回過頭，想要詢問捱著他坐在一邊的少年，這時候才發現少年臉色很蒼白，近乎接近死白的顏色。

那瞬間，少年輕輕咳了聲，突然吐出大量紅色血液。

「琥珀！」大白兔連忙伸出自己有點黑污的手，接住的血染紅灰黑的絨毛布料。

又咳了好幾聲，少年摀住嘴，等到咳血停止後，才勉強發出聲音，「沒事，我的狀況別告訴其他人。」

「這怎麼可……」

「你只要說出去，我就會立刻消失在你們面前。」湖綠色眼睛冷冷瞅著大白兔，從指縫吐出的聲音異常寒冽。

大白兔有點僵住，無法理解少年的變化。

這看起來不像是在強盜那邊受到的傷害，他直覺這是少年本身的問題——很可能就是少年瞞著他們的其中一件事。於是大白兔想起先前將艾咪帶回來時，少年的異樣。

「什麼都別問。」少年只是這樣說道：「我想說，就會告訴你們。」

然而，大白兔也沒更多時間可以思考了。

小潛水船浮上海面的剎那，金紅色火焰像是失控的龍捲風一樣，迎面颳上他們。

小潛水船並沒有被火焰吞噬。

高空中迸出的驚雷和平空捲出的另一道烈火在小船前方十字交互出屏障，阻擋來勢洶洶的攻擊。

大白兔回頭一看，看見後方除了潛水船外，還有另一艘眼生的大船，看起來應該是荒地之風接應的船隻，上面搭載了荒地借給他們的人手，雖然多少有些受傷，但一個不缺，撤出十分順利。

琥珀脫掉身上的外套，用力擦掉手上和臉上的血漬，將爛成一團的外套塞進小潛水船排放廢物的凹口，還順勢接了些海水清洗。

潛水船靠近之後，站在外面的波塞特和沙維斯很快伸出手將他們兩人拉進去，波塞特警戒地看著出現在視線範圍內的烏爾船隻。

「解藥。」大白兔有點笨拙地將手上的白盒子遞給沙維斯。

沙維斯露出意外的表情，沒說什麼，立刻就把盒子交給跳過來接應的荒地之風。他們上到海面後，所有傷者已全部被荒地之風的船隻收容，正在進行緊急醫療。他和波塞特簡單處理後便留在潛水船上，等這兩人回來，也隨同協助保護荒地之風的船。

金紅火焰被攔住後，似乎非常憤怒，捲繞著紫黑色的毒氣，又衝著小船飛射過來。

「有完沒完！」波塞特把琥珀往身後一護，直接站到小船上，金紅色火焰在撞上他之前，突然煙消雲散，連紫色毒氣都被某種力量包覆捲走，絲毫沒傷到他半根頭髮。即使如此，波塞特還是整個青筋都爆了，握住一把火焰甩射出去，火球直接砸在烏爾的船頭上，轟的一聲在空中燒開一大片面積，不過並沒有傷損到船隻，「如果你要打，我就奉陪！」

烏爾船隻果然停下攻擊，在快速追上荒地之風的船後保持同速度並行，接著才有人跳到船上來。

弗爾泰和琅一前一後上到甲板。

波塞特將琥珀擋在身後，一旁沙維斯和大白兔已走出來，繃緊身體隨時可以動手。

「你什麼意思？」看著臉色很難看的男人，波塞特皺起眉。

「你應該問他是什麼意思！」弗爾泰有點憤怒地狠瞪被保護在後面的少年，「這個頭腦是不是惡意想要妨礙我們？」

「你不要妨礙我們就夠好了。」波塞特冷哼回去。

「你誤會了。」琅看雙方氣氛緊張，連忙出來說道：「你們的『頭腦』確實在妨礙我們，你們深入總長住處後，我們就再也收不到通訊。烏爾快速掃描各處反應，好不容易追蹤到你們的方向，想要追上去時，我們的船系統又被關機，花了好一番工夫才回歸正常，卻又遭到荒地之風的攔阻，直到剛才耗費船員們的最大力量，才勉強追上來；但是與強盜和深海船交戰時，訊號又被阻隔，分明是惡意不讓烏爾追上來。」

「他是想要害死你們！」弗爾泰憤怒地低吼。

「琥珀不會做這種事，你想多了。」波塞特雖然不是很明白琥珀的用意，但直覺少年不會在這關頭對他們不利。

「你幹嘛幫外人說話！」弗爾泰怒道。

「你還不是也外人！」波塞特絲毫不客氣地頂回去，「誰知道你裡面是圓是扁！有點血緣關係不代表什麼好嗎。」

「你——！」

「等等，別吵了。」琥珀拉拉波塞特的手臂，轉向弗爾泰，「總長住所的斷訊不是我動手的，我們這邊也全部斷了聯繫，那是強盜團頭腦的作爲。不過你會第一時間聯想到我身上，看來你也從來沒相信過我們，那麼我就不解釋這些。不讓烏爾出航，是因爲現在攻打第七星區的所有星區船隊都知道，『兔俠組織破壞了總長住所，第七星區嚴重失控』這樣的消息，如果烏爾再混進來，會和兔俠組織一樣立即成爲其餘六星區的目標。即使他們知道有內情，檯面上還是需要一些靶子讓普通平民轉移焦點。所以烏爾根本不適合追上來，你讓你們自己的頭腦追蹤所有頻道的消息就知道了。」

「即使你是這層顧慮，那大可以在一開始就說清楚。」弗爾泰雖然知道對方的用意，但完全不接受這種像是搪塞的事後說辭。

「你把強盜斷訊的事情轉嫁到我身上，證明從一開始就不相信我，那你們會相信我的安排嗎？你確定你會毫無分歧地照著我的安排走，而一點都沒有質疑？也不會在現場違背計畫，按照你們傭兵團自己的手段來嗎？」琥珀冷冷說道：「烏爾傭兵團打從一開始就完全不相信我們，也不相信我們的能力，你們自己已經規劃好進退，需要我把你們的所有計畫回傳給你看嗎？裡面通訊不是清楚說明了以烏爾自己的判斷與行動爲主，只要救出目標、不須顧慮其他人嗎？」

波塞特皺起眉，終於知道爲什麼琥珀出發前會給他們那種指令，原來琥珀已經先知道傭兵團的計畫，才要他們在礙事時一起揍下去。因爲傭兵團的人也不會對其他人手下留情，他們想要帶走的只有自己和海特爾，那用琥珀的想法來說，的確就是個防礙。

「你——！」知道少年肯定又入侵他們的系統，弗爾泰氣得說不出反駁。

「反正現在人已經救回來了，如果你還有其他的意見，等到達荒地之風提供的據點再說，我們還很忙。對了，庫兒可記得還我們。」懶得浪費時間溝通，琥珀揮揮手，直接調頭往船艙走去。

大白兔看了看弗爾泰，雖然無法確實地告訴對方他所知的事，不過還是想說點什麼，「在下認爲你誤會了琥珀的用意，雖然他有點隱私不想告訴周圍的人，但他不會存心傷害我們的生命。」

琅看著兩方的人，雖然已經和緩下來，但弗爾泰和波塞特之間的氣氛仍劍拔弩張，正好被甩在後頭的其他星區情報船開始往這邊圍繞，所以他便先把頭子勸退，有些事情還是回到烏爾船上比較方便重新商議。

幸好弗爾泰對此並沒異議，淡淡看了眼波塞特後，很快就返回船上。

「我們也先進去吧。」

大白兔看著兩名青年，說道。

□

荒地之風的船雖然沒有潛水船那麼快，但在海上的速度竟也幾乎不遜於芙西，很快便甩掉星區情報船，還將烏爾傭兵團的船給拋在稍有距離的後方。

下到船艙，馬上就能看見已經回到船上的那十名荒地之風，各自沉默地四散開接受治療，似乎對於這次任務一點想法也沒有。

大白兔左右張望，能看見己方的其他人員同樣在接受治療，荒地之風從附近調來的這艘接應船隻準備了許多醫療人員與相應用品，稍早被送進來的佈蘭希和茉莉，以及北海，已經被帶到獨立房間進行醫治。

「琥珀。」大白兔立即看見少年的身影，快步走去，正好看見少年把手上不知道什麼東西和水一起吃下去，旁側的醫生說了幾句話就走開了。

「學長他們和丹泉在一起。」琥珀抬起頭，朝走過來的波塞特兩人招招手，「應該差不多都醒了，有些事看來也瞞不住，到丹泉那邊大家一起聽吧。」

其實大白兔原本就是想要來探問強盜稱呼裡的意思，看來沙維斯兩人也是如此，被琥珀這麼一搶話，他們直覺對方應該是打算告訴他們相關的事情。

琥珀似乎不是第一次上荒地之風的船，領著幾人熟門熟路地進入下層內部房間，房外還有一些人來回走動看守；打開門後，室內空間不小，早先上船的人幾乎都集中在這裡。

「琥珀！」已經差不多治療完畢的青鳥一看見推門進來的人，整個跳起來，連忙拽住少年上上下下仔細檢查，確定對方毫髮無損才鬆口氣。

「海特爾還沒醒嗎？」波塞特走到一邊去，稍早被救援回來的青年雖然已經用了解藥，但還是昏睡的樣子。

「他身上的藥劑下得很重，可能要再過一會兒才能醒。」坐在一邊的藤說道：「我檢查過了，藥物不會對身體造成任何損傷。」

波塞特聽著對方的話，鬆了口氣，「你們也還好吧？」

「沒事，只是那些強盜的速度太快，捱了幾下。」原本就不是能應付這種頂端能力者的藤搖搖頭，看向站在旁側的曼賽羅恩，女性環著手，若有所思地盯著走進的少年。

站在床邊的琥珀扶起已經清醒的沙里恩男人，亦步亦趨的青鳥則表情複雜地盯著他們的動作。

「你們都過來。」琥珀坐在床邊，讓荒地之風的人離開室內，只留下相關的一票人。「之前的事情我知道你們有疑問，既然今天你們守約，那我就應該回答你們的疑問……而且其實多少讓你們有心理準備比較好。」

幾個人或站或坐，圍到了丹泉．沙里恩的病床四周。

「這位是荒地之風首領的弟弟『丹泉．沙里恩』，你們應該都知道了。」稍微介紹了下男人的身分，琥珀轉過頭，輕輕朝對方開口：「我將其中一個『座標』交給塔利尼的後代。」

「……這就麻煩了。」男人微微皺起肩，「當初您的意思是要在觀察之後再決定所有事情，您決定要讓它回歸世界嗎？」

「這個稍後再說，先把事情解釋給他們聽吧。」琥珀回過頭，不閃不避地迎向眾多視線。

「爲什麼你對琥珀說話用敬語？」波塞特疑惑地看著兩人，沒弄錯的話，金髮男人應該是琥珀登記資料上的父親，他家照片確實就是這樣的一家三口。

男人——丹泉勾起一抹淡淡溫和的微笑，對於波塞特的詢問，他回道：「不只我，整個沙里恩家族都會使用敬語。」

這麼說著的時候，幾個人紛紛用懷疑又疑惑的眼神盯著琥珀。

「你們應該已經知道我和瑚的事情。」丹泉看了看琥珀，思考了一會兒，繼續講述：「瑚從分島裡面因緣際會地帶出了一些東西……」

「這部分我們知道。」波塞特打斷對方的話，「兩大兵器，如果是這些的話倒不用再說一次了。」

「不，我想大哥和琥珀沒有將另外一件事情告訴你們，所以你們才會對我使用敬語很驚訝。」在琥珀的默許下，丹泉想了想之後，說道：「我和瑚帶回來的，並不只有兩件兵器……還有『監督者』。」

「監督？」幾個人又不由自主地把視線轉向琥珀。

「當時除了兩件兵器外，還有一名跟隨來的『監督者』……」斟酌著用詞，丹泉說：「因爲年紀過小，而且若身分在星區曝光，會造成很大問題，以及當時局勢非常危險，所以我們商議後，將『他』登記爲自己的孩子加以撫養……你們應該也知道是誰了。」

青鳥看著臉色仍相當平靜的琥珀，置身事外的表情讓人有種好像不是在說他的錯覺。

「你是兩件兵器的『監督』？」大白兔很訝異。

「對，就是這麼回事。」琥珀冷冷哼了聲，「我被『設定』作爲雙兵器的監督者，從我有自主意識開始就知道這件事情。」

「……這麼重大的事，你爲什麼之前要隱瞞？」沙維斯瞇起眼睛，重新審視少年，現在他也不確定眼前的少年究竟是不是能夠相信的己方。

「你覺得這是可以隨便就拿出來聊天的話題嗎？」琥珀白了青年一眼。

「所謂的『設定』是什麼意思？」曼賽羅恩將手按在槍上，警戒地問。

「字面上的意思。」琥珀懶得解釋那兩個字的慣用意義。

雖然青鳥之前就知道琥珀其他事情，包括和蘭恩家的人很相像，但是聽到這邊還是有點不太能消化。用力地在腦袋想了很久，才戰戰兢兢地開口：「那、那跟敬語有什麼關係……？」

波塞特用力揉揉青鳥的頭頂，「之前荒地之風那個首領和琥珀不是有說過嗎，『兩件兵器只有第一家族能夠發動』。也就是說……」他看向湖水綠的少年，「琥珀弟弟如果不是第一家族的後代，就是相關旁系的遺族，這層身分才會讓沙里恩家族對你用敬語，我說的沒錯吧？」

「……」琥珀並沒有回應對方的詢問，但也沒有反駁。

看著琥珀幾乎默認的態度，青鳥又震驚了。旁邊其他人顯然也很驚愕，波塞特說完後，有好半晌都沒有人開口說話。

這麼一來，琥珀之前突然詢問他們對於星區的感覺，模模糊糊就出現了一個答案。

青鳥內心浮起不太舒服的感覺……當時琥珀正在試探他們。

不，應該說琥珀一直在試探他們。

從最初到現在，琥珀那些反反覆覆的奇怪態度和表現，如果套用到他現在承認的身分上，那麼他就是一直在試探所有人。

他知道所有的事情，而且保持沉默看著所有人的行動。

青鳥突然覺得頭皮發麻。

既然他會想到這些，那麼其他人肯定現在也是這種想法。

一眼望去，曼賽羅恩眼中已出現一抹敵意，明顯地保護在藤的前方。

「我、我相信琥珀。」青鳥還沒深入思考，已反射性先喊出來，「琥珀不會害我。」

「啊，在下也相信琥珀。」大白兔抬起手，「琥珀如果有惡意，便沒必要一直涉險，甚至方才與強盜團交換那麼重要的座標。」

「交換？」沙維斯看著破破爛爛的布偶。

大白兔將剛才在黑色潛水船的事情告訴所有人，不過掩去琥珀的身體狀況。他還不明白那是怎麼回事，而琥珀也警告過他不能說出去，他只能先暗自觀察並加以協助。

「……VT-0不就是母艦嗎？你爲了海特爾，將母艦的座標告訴強盜團？」波塞特錯愕過後，捏緊拳頭，深深地看著經常冷嘲他們的少年。

「我目前只知道預備的副環繞航道，只有一個座標點的話，他們無法短時間內找到母艦。雖然風險不小，但如果想要海特爾活著，我認爲眼前只有這方法可行，這是我拿得出的最大籌碼了……否則他們很快便會殺害海特爾。」琥珀對著丹泉開口：「塔利尼還不知道這件事情，讓荒地之風多派一些人去阻礙，能拖就拖。然後可能得……」

波塞特注意到琥珀看向自己，「怎麼？」

「解決掉塔利尼家族之前，你可能必須先將海特爾寄放在堇青那邊，我想讓海特爾暫時被『凍結』，暫停時間後，塔利尼家族反悔也無法啓動他身上的系統，再過一陣子或許有辦法可以摘除。」琥珀看著波塞特動搖的表情，想想便說：「不會太久，最長兩年，這段時間內如果有把握摘除，會立刻解除，讓他恢復。」

不知道爲什麼，琥珀的說法讓青鳥瞬間好像想到什麼，但一閃而逝的想法讓他來不及捕捉。

回過神時，波塞特已經點頭。

「我相信你，琥珀。」

「你可以詳細解釋『監督』的身分嗎？」

海特爾的事情暫時決定好後，沙維斯也開口詢問，「還有，爲什麼那些強盜要用那個『名字』稱呼你？」

對他而言，少年即使是失落許久的第一家族也無所謂，身分地位在他眼中一樣平等，他只想要知道對方會帶來什麼影響，以此決定自己接下來應該如何選擇。

「琥珀必須監視雙兵器的動向。」坐在床上的丹泉立即解釋道：「阿克雷的系統深植在所有星區的系統當中，特別是具毀滅性的雙兵器，幾位應該已經知道用途，所以琥珀有責任監察這些系統。」

「或者發動嗎？」曼賽羅恩冰冷地問道：「抱歉，我無法很心平氣和地對你友善，但是我想先前已經表明過我的立場，還有你們應該好好想想當時的回答，他很可能會是我們今後最大的敵人。」

曼賽羅恩說完後，幾個人沉默了下來。

在場的人都知道她說的沒有錯，如果啓動雙兵器，別說是現場處刑者們的敵人，甚至說是所有星區的敵人也不爲過。假如他們是手段凶殘的當權者，現在的決定應該就是趁著威脅尚未長大，快一步剪除才對。

「從監督到毀滅不是那麼容易，不過既然你們擔心，那就好好思考應該怎麼避免極端狀況。那個稱呼也不用想太多，因爲最早的創造者是阿克雷，他們只是把名字隨便冠到監督的人身上，畢竟阿克雷是傳說中能降卜懲罰的神，扣除這些之後沒太多意義——除了動搖你們之外。」琥珀站起身，懶洋洋地掃視著幾個人，看著那幾張若有所思的面孔，冷哼了聲，「我可以告訴你們，想要短時間內完全啓動雙兵器、達到消滅整個星球的地步，唯一的途徑在母艦上，也就是第一家族手裡，我目前被授權監管的範圍不到十分之一。我說過，強盜團要打開母艦，『屆時釋放出裡面的「東西」，我可無法保證會迎來怎樣的結局』。塔利尼顯然知道這件事情，那麼與他們暗地合作的人多多少少估計也會知道一些，所以現在第七星區……嗯……？」

「怎麼了？」大白兔看少年突然蹙起眉。

「他們曾經說過他們選擇第七星區，因爲第七星區是……農作之地。」琥珀猛地抬起頭，看向丹泉，「我大意了，塔利尼家還保有其他座標！」

丹泉同時沉下臉色。

「他們一開始逗留在第七星區，就是打算把母艦拖到第七星區，他們知道母艦眞正的形態，所以才選擇了佔地廣大、科技卻最少的第七星區！該死，他們很可能把我會拿座標交換海特爾的事情都算在內了。」琥珀顧不得其他人的反應，立刻打開通訊，「堇青，他們會比對出眞正的座標，馬上想辦法把塔利尼的人擋住，越快越好。」

通訊那邊很快傳回一貫懶洋洋的聲音，「會捲入其他星區喔。」

「沒辦法了，是我沒考慮仔細。」琥珀無視周圍的人，說道：「還有，準備好你的能力，海特爾可能只能用你那個方法。」

「這沒問題，我會派人過去接應。」堇青頓了頓，聲音再度傳來：「荒地之風現在開始會封鎖主島，已經幫你們準備好藏身的地方，一探查到塔利尼的動靜就會通知你們，在此之前，讓那些小屁孩們休養好吧。」

「嗯。」

「還有，丹泉那個臭小子，好好給屁孩孬子交代吧。」

青鳥看見丹泉望著自己，接著露出一抹苦笑。

通訊結束後，琥珀扔下了句「我很忙，你們自己好好想想，要離開的慢走不送」，就直接甩門揚長而去。

雖然青鳥很想跟上去，但看著丹泉蒼白的臉孔，他不由自主便留了下來，反而是大白兔思考片刻後，很快離開了房間。

接著荒地之風的醫生、藥師們重新回到房間，從牆壁拉出白色的隔間時，一行人才發現原來這個很大的船內空間，是可以隔離成各自獨立的小房間，應該是打算讓他們聚集起來說話才整個打開，現在隔開後，獨立的空間立即安靜下來。

青鳥惶惶地看著男人，然後在一邊坐著，手指下意識開始捲起衣角。

當時這個人擋在他面前的事他還記憶猶新，後來更知道了兩人的血緣關係，其實當時他想過，如果眼前的男人還在，他有很多想要問的事情，例如對方和雪雀、對方當初的想法，還有當時他追著琥珀上門時，對方竟然可以理所當然地作爲陌生人般地招呼……青鳥一直很想問問這些，只是現在坐在這裡，卻又難以開口。

丹泉是他很熟悉的人，作為朋友的父親，經常替他到各地尋找各式各樣英雄片的溫和叔叔，最親切不過了。

「我們並沒有打算將你捲進來。」丹泉和少年對看了半晌，淡淡地嘆口氣，「我和雪雀希望你能過正常的生活，原本以為遠離那些就沒有問題，但沒想到你會跟著琥珀一起回來……」

「啊，我並沒有後悔這些事情。」青鳥連忙擺擺手，讓對方別在意，「琥珀就像我弟弟一樣，不管如何我都會照顧他。」後面這句他說得有點心虛，因為現實中比較常是琥珀在幫他。這麼回想起來，其實從一開始，琥珀就不想涉入這些事，對其他人也很冷漠，每次搞出點什麼，少年就會整個怒，擺明他們在給他添麻煩。

一直以來，琥珀並沒有主動將所有人扯進這些事情裡，也沒有利用他們去做什麼讓自己得利的事情。

所以青鳥相信琥珀不會害所有人，因為他的本意原來就是不插手這些事情，要毀滅星區的話，他家大魔王般的弟弟肯定早就做了，才不會麻煩地繞道。

青鳥在心中肯定地想著，心情隨即好很多。一抬頭，看見丹泉還在盯著自己，以前都沒發現男人的髮色和瞳色與自己幾乎完全一樣，雖然自己五官和母親一樣，可是在其他部分卻與沙里恩的父親很相似。

「所以我可以叫你父親嗎？」青鳥想了想，小心翼翼地開口。

丹泉勾起微笑，點點頭。

「那、那琥珀應該也還是可以叫吧？」青鳥連忙問道：「我是指……那個我並不是要搶琥珀的父親，啊雖然應該是我的，可是我想要琥珀還是和以前一樣、沒有改變……呃……就是……」

「我明白你的意思，如果琥珀也願意，我和瑚不會有任何改變，我們依舊是一家人。」丹泉頓了頓，突然有些困擾地收起笑容，「不過這樣倒是對不起雪雀了……」

「你和雪雀到底是怎麼回事？」見男人的表情有點奇妙，青鳥想了想，還是決定趁機會挖一下父母的八卦。

「呃……我們挺處得來的，所以往來了一段時間。」丹泉咳了聲，面對小孩直接的詢問，還是有些尷尬，盡量簡單說道：「但是雪雀不願意離開第四星區，她認爲第四星區需要有人管理，否則底下的勢力便會亂成一片，放眼看去，她認爲只有她適合，所以無論如何都不點頭。後來有了瑚的事情，雪雀便主動聯繫芙西，希望同時將你送離第四星區那個紛爭之地……順勢清理掉想探問你背景的那些人。」

「好簡短。」青鳥面無表情地看著很想逃避被挖八卦的男人。雖然以前去玩時就知道琥珀的父親性格親切溫和、是個挺好的人，但現在有了堇青作比對，立刻發現這兩兄弟的個性簡直天差地遠，邪惡的那一部分全部長在荒地之風的首領身上了。

不是說長期跑商嗎！

商人的奸險在哪裡？

青鳥歪著頭想了下，然後勾起天真無邪的笑容。「我想知道更多雪雀的事情嘛。」

「有些事情，小孩子別聽太多比較好。」丹泉習慣性地伸出手，揉揉青鳥的頭頂。

「……你應該知道自己兒子幾歲吧。」青鳥一秒眼神死。

「……也是。」

□

小會議解散後，波塞特當然是待在自家兄長房內。

海特爾到現在還沒醒，不過一邊的醫生讓他不用擔心，說了和藤一樣的話，又檢查過波塞特兩人身上的傷勢，確定正在快速痊癒才退出房間，將空間完全留給兩兄弟。

「你不要太過擔心。」同樣留下來的沙維斯靠著牆壁，看著床上的青年。能夠看得出來強盜並沒有為難他，幾乎沒受什麼傷，換上的衣服看起來也不錯。

「……你少用那種好像你才是他親人的語氣講話。」波塞特白了對方一眼，這傢伙還真越來越自然地把自己當成自己人了，「要關心留給你自個兒的……」猛然閉上嘴巴，這瞬間想起了青年的狀況。因為平常沙維斯沒露出什麼需要幫助的神色，一不小心就忘了對方的處境。

波塞特抓抓後頸，有點尷尬，「抱歉。」

沙維斯搖搖頭，讓對方不用介意。

「回去後，要幫你找個時間約伊卡提安出來談談嗎？」波塞特想想還是有點不好意思，畢竟人家為了自己的哥哥也是拚上性命，他的態度確實不對。默默在心裡反省一下，他繼續說道：「帕恩認識伊卡提安，你怕冷場的話我找他幫忙。」

「沒關係，我可以處理。」沙維斯下意識按住身側的長刀。他原本就預計要找伊卡提安，只是後來種種事情推延了時間，但不知為何，他就是直覺伊卡提安會等他。那個被他追殺如此久的處刑者一直都很有耐心，在黑暗中陪他周旋了許久，所以這點時間，對方會等待。

「唔……我也會幫你找看看能不能有什麼拿回記憶的方法，算是還你人情。」波塞特轉過頭，將海特爾身上的被子蓋得更嚴實一點，順便避開青年的目光。

「謝謝。」沙維斯很自然地點頭。

「囉嗦……是為了我哥。」波塞特低罵了句。

這次沙維斯沒有接話，氣氛就這樣沉寂下來。

過了好半晌，波塞特才開口：「雖然琥珀弟弟瞞了很多事，但在不少事上，我相信他沒有想過對我們不利，雙兵器什麼的也是，就算他是啥鬼監督，他也是那個性格很差的琥珀弟弟，不會隨隨便便就搞什麼毀滅星區。」雖然嘴眞的很壞，個性也很差，可是為了海特爾，他悶聲不吭拿出母艦的座標當籌碼，發現被強盜設計之後也沒多說什麼，立即展開相應行動，不管之前發生過什麼事情，光是這點，波塞特就謝謝他。

「我也這麼認為。」沙維斯雖然對少年的印象有了些修正，不過對方沒打算對他們不利的看法，他和波塞特是一樣的。「只是，我必須先告訴你，雖然我判斷他不會傷害我們，但不代表他的身分對我們友善。我們依舊得做好可能為敵的心理準備。第一家族的雙兵器不會無緣無故出現，監管的監督者也是，必定都有其理由，他還不願意告訴我們。」

「……你什麼時候話變得這麼多。」波塞特也知道對方的意思，他有想到這點，可是他還是相信琥珀不會動用到那些身分與兵器。而且，琥珀也確實有隱瞞的理由，他們這些人再怎麼說都只是剛認識不久的外來者，身爲雙兵器的監督事關重大，少年不想要與任何人有交集也是正常，更別提把這麼隱密的事情告訴他人。

扣除那些隱私，就自己了解的範圍內，波塞特相信琥珀。

知道波塞特心裡有拿捏，沙維斯就不再多提。

看海特爾短時間內似乎不會恢復意識，波塞特抹了把臉，他原本想要盡快與對方討論凍結這件事情，如果一直這樣不醒，恐怕在荒地之風接應之前還無法確認對方本身的意願。

雖然他覺得海特爾肯定是人家說什麼他就點頭的反應啦。

又過了好半晌，波塞特正在發呆時，旁邊傳來聲音。

「烏爾的事情，你覺得如何？」沙維斯淡淡問道。

「這和你無關吧。」波塞特有點煩躁地嘖了聲：「我看他們就覺得不順眼，插手插腳地很煩，沒事捲進來亂七八糟的，嫌命太長嗎！自己找死就算了，還帶一船人來跟著死，到底干他們什麼事情了眞是！」

「呵……」

「笑屁！」波塞特還眞不知道這傢伙竟然還會普通的笑。

「你們會沒事的。」說完，沙維斯轉身打開門，逕自離開。

波塞特愣了下，「沒頭沒腦。」

果然還是莫名其妙的傢伙。

第六話▼▼▼隱情

大白兔找到琥珀時，他在一間有門衛看管的房間裡。可能是事前有交代，所以門衛並沒有攔住他，就讓布偶自行敲開門，走進房間。

「你來得正好，這是荒地之風幫你準備的。」站在桌邊的琥珀打開上面的大箱子，從裡頭拿出乾淨整潔的白色大布偶，另外從一旁拿出讓大白兔相當眼熟、像是鱗片般的甲片，「我正在幫你調整這些東西，因爲先放進去的感應點可能不像在活物上那麼靈敏，使用上威力可能沒有活人用那麼好。」

「低能源裝甲？」大白兔沒想到會在這裡看見這些東西。

「之前在芙西上面看過的，你是體技能力者，應該能夠好好運用。」琥珀坐下來，看著走過來的大白兔，說：「我會幫你設定快速轉移，更換身體時，你可以用預設密碼把整套感應點和配備自動轉植新身體；這些裝甲力道承受度很高，不會輕易損壞，未來如果你想繼續當處刑者，會相當有幫助。」

「讓你費心了。」大白兔知道低能源裝甲幾乎都已經處分掉，現在要弄到這些東西並不容易，他以前在黑市看過，價格不菲。

「你如果眞的用得上才叫費心，駕馭不了就叫費錢。」琥珀繼續調整數據。帕恩那樣的活人只要設定好身體監控系統，裝甲就可以配合監管人體狀態加以調整。但是兔子不行，兔子是死物，得把整個監控都改成運動模擬，才可以順利搭配兔子活動。

幸好之前他已經收集兔子大量的數據，基礎攻擊搭配都不成問題。

「在下會盡快熟悉。」大白兔點點頭，「其實在下以前在十島時也曾經接受過能源裝甲的訓練，雖然與現今使用的不同，但應該不至於被甩開。」

「你有把握就好，不然可能接下來……」琥珀停頓了幾秒，搖搖頭，露出一種大白兔沒見過的表情。

以前大白兔只覺得琥珀是過於早熟的男孩，那些焦躁的反應和態度都還保留一點點孩子般的任性脾氣。但是現在少年卻露出一種很難形容的深沉表情，這種表情不是經歷過很多事情的成人，是做不出來的。

不過也只有短短一瞬間，眨眼間，琥珀便恢復成原先的樣子。

「這次是我的錯，我沒預料到塔利尼手上還有其他座標。照理來說，家族們侵佔星球的同時，所有座標在預設保護設定啓動後，應該已經從全部系統中抹除，看來是我太自負了，過了幾百年，果然應該要將所有可能性都考慮過才行。」琥珀往椅背上靠去，停下了動作。

「在下認爲，即使是神也不可能什麼事都能完全掌握。」大白兔看著少年自嘲的表情，歪著頭，「雖然你是第一家族的關係者，可是要如何發展，豈是你能夠獨自擔負。」

琥珀看了大白兔一眼，勾起唇，「你知道嗎，我一直勸你們不要亂攪事情，是因爲我也不想要事態發展成這樣。」

「確認你的身分之後，在下很明白這點，也完全理解你想隱瞞。這層身分就是一絲都不能透露，關係到很多人的生命。」大白兔注意到少年的疲憊，那是很多事情造成的，各方面對他而言都是負擔，「你太辛苦了。」

「……」琥珀再度搖搖頭，繼續手上的工作，「我也不懂，原本我只要看著星區的歷史發展就好，我並不想要攙和進去，可是我卻和你們混在一起。現在我很難用原本被設定好的中立心態來衡量整個星球，也不想和你們敵對，但是如果有那麼不得不打開雙兵器的一天，不管是學長還是你，你們會想要我死吧。這樣想想，我就覺得我每次被你們拗著做東做西，是一種很愚蠢的行爲。」

「在下會保護你。」大白兔看見少年瞬間僵住。「如果只是要阻止你發動兵器，死亡並不是唯一選擇。」

琥珀無聲地冷笑。

「在下希望你能夠覺得，攪和進來並不是壞事，就算全世界爲了『正義』要殺掉你，

在下也會想辦法保護你。」大白兔慢慢說道：「世界上，一定會有一個你能繼續和大家在一起，也不用發動兵器的方法。」

「嗯，有的。」琥珀轉頭，看著大白兔，「殺光那些想要滿足自己、控制星球的人，維持約定，兵器就會和廢物一樣。」

但是，這不可能，七大星區已經無法驅逐這些權力勢力，那些人也不可能坐看著龐大的資源與武器而不伸手觸碰。

眼前十星的後人，也很明白這一點。

「在下的願望是找到一片樂土，希望那也會是你的歸所。」大白兔有些嘆息。

「……你有想過重新活一次嗎？」

琥珀的問題很突然，大白兔愣了幾秒，才回答：「在下很早以前就有所覺悟，你不用擔心。」

「不，我的問題是，這麼進步的科技裡，說不定也有一個讓你重新擁有身體的辦法；活體轉移的實驗不是沒有，先前高科技年代就已經有各種接體的研究，把人類做得像怪物一樣，為什麼你從來不考慮在黑市找一個人造生命，讓自己活起來？」雖然現在星區頒布很多限制令，但活體製作在黑市中不是沒有，像小茆也是一個活體製作的例子。大白兔的腦袋還留著，再次復活是相當可能的事情。琥珀就是不理解爲什麼他們不去做這件事，總比現在的狀況要好上幾百倍。

「黑梭提過。」大白兔也很坦白地回答少年的疑問：「不過在下的身體當時是在能力過度使用的崩潰狀態，頭顱自然也有損傷，腦部許多部分壞死，瀕臨在隨時可能潰散的邊緣。現在的黑市沒有人敢接手，與其說在下還活著，不如說只是艾咪死抓著最後那一絲腦部電流不肯放手，才造成這樣的狀態。」

大白兔相信，那一絲電流或許就是人們所謂的靈魂存在，那已經無關活體或死體。

「你就想想，可能眞的有那個機會呢？」琥珀支著下頷，「那時候，你會想死嗎？或者你想要做些什麼？」

看著少年沉靜的湖水綠眼睛，大白兔不自覺回應了對方的詢問。

「在下，想要閉上眼，吹風。」

他就是想要再像人類一樣，放鬆身體，感受著世界的一縷微風。如同最初他在十島時，也總是吹著舒服的風，看著島上的一景一物。

琥珀勾起笑，「還以爲你最想吃飯。」

「啊，這在下也有點懷念。」大白兔拍了下手，絨布的手掌發出沉悶的聲音。

「到時候，你可以吃很多東西吧。」琥珀開始安裝甲片，「一切都解決後，只管吃飽睡、睡飽吃，不用再擔心其他的事情了。」

「那眞是很好的生活啊。」如果是那樣的話，大白兔也有點嚮往。

「我也這麼覺得，不過現在你得先轉移身體了。」琥珀抓起大型布偶，將最後一片裝甲放置進去，「抓緊時間快調整吧。」

「好的。」

□

荒地之風的船隻很快到達一處小島。

從外表看上去，是最普通不過的狹小島嶼，幾乎一眼望去便可看完整片土地，大概不用十分鐘就可以跑完一圈，島上也沒什麼特殊的東西，就是幾棵樹，還有一棟小木屋。

不過既然是荒地之風的據點，不用想也知道肯定不是這麼簡單。

果然，進入小木屋後，裡面有一條不怎麼顯眼的密道，來接應的人使用授權打開，經過非常長的海底通道後，又是迥然不同的大型空間。

一反海上小孤島的形象，底下是個巨大空曠的區域，光是挑高的大廳就已經足以讓幾支球隊奔跑，四面八方有通往各種生活區域的走道，奇異的白色建材支撐著整座海底建築不被壓力壓垮，細細的流光帶動某種能源沿著壁面快速運作，不少人來往分析著各種資料，偶爾駐足看著大廳中的幾個海面監視畫面討論，幾乎是個小型社區。

第一次看見這種基地的庫兒可很興奮地到處團團轉，也沒被人攔住。

「這個據點蓋在海床底下，通道有隱蔽系統，可以放心整頓，暫時不會被發現。」琥珀跟在接應人後面，這樣告訴小隊伍，不管是己方也好，烏爾的幾個人也好，都露出驚訝的神色。荒地之風的海底據點明顯擁有優越的技術，這讓第一次到訪的星區人們感到很吃驚。「沙里恩家族營運這樣的據點已經很久了，大戰前就有，戰後改良過莉絲稀釋儀器，所以這裡還保有最低限度的能源運作。」

更換過新身體的大白兔左右張望了下，看著據點裡那些走動的人們，這裡的荒地之風顯然對他們的出現一點也不意外，甚至是不感興趣，只在他們剛走進來時看了幾眼，接著便繼續進行各自的工作。

唯一與他們這些外來者有互動的，就是來接應的女性主管，但對方的態度也有點冷，在小木屋時只簡單告訴他們這是唯一的外來者通道；進到大廳後，說了幾句目前這裡主

要的工作就是收集負責區域內的所有資訊，包含海象、天氣變化等等，之後便沒再多說什麼，相當冷淡，讓大白兔有一種他們是不被歡迎客人的錯覺。

倒是這裡的人在看見丹泉和琥珀時多了份禮敬，紛紛行著某種形式的大禮。

「已經幫你們準備好空間，諸位安排在我們的客房。」接應女性帶所有人轉進左邊的通道，很快地，到達一座圓形小廳，廳內左右各有五扇門，「這裡的房間幾位都能自行使用，醫療物資等所需物品已經放入房內。丹泉先生及兩位小少主則替你們另外準備專屬房間，在另外一頭。」

「琥珀不住這邊？」大白兔歪著頭。

「丹泉先生三位是我們荒地之風的人，據點中都有沙里恩家族的生活室。」女性環顧眾多客人，語氣平板地說道：「如果幾位有需要，可以告知我，我會儘可能滿足所需。」

「那個……我可以也住這裡。」青鳥從被算進去荒地之風的錯愕裡回過神，連忙說道。

「囉嗦。」琥珀往矮子頭頂揍下去，「你和丹泉一起，他要轉移一些東西給你，別浪費時間。」

青鳥愣了愣，看看身旁的男人，只好同意這樣的安排。雖然他覺得把大家丟下自己去住特別房很沒道義……

琥珀揍完笨蛋之後，轉向沙維斯和波塞特、大白兔等人，「我聯繫了芙西，芙西同意協助荒地之風阻攔塔利尼的行動，應該還可以拖延一些時間，但是荒地之風主戰力出動已經引起七大星區的監控，七大星區不會允許大量能力者在海面上動作，那些想控制星區的人當然也不可能讓荒地之風插手，接下來上面會變得很亂，你們要有些心理準備。如果可以，希望你們可以用處刑者的身分聯繫能調動的資源，給那些幕後家族製造點麻煩，不要妨礙荒地之風的行動。」

「你是眞的爲了星區著想嗎？或是荒地之風想取得母艦與武器，崩解星區系統？」曼賽羅恩皺起眉。

「我們憑什麼聽從你？」弗爾泰因爲先前的事情，相當不悅。

「你們可以不聽，要做不做隨便你們。」琥珀冷冷勾起唇，「對我來說只有兩種分別，要幫忙的是自己人，不幫忙的是敵人，如果想浪費時間或走人，請便。」

「你——！」被少年的高傲態度激得有點怒火，弗爾泰瞪向波塞特，「你和你哥哥跟我們一起離開。」

「芙西都同意協助了，我身爲芙西的船員當然會和芙西同進退。」波塞特斜了男人一記白眼，「要逃你自己逃，反正我們一直以來也沒有倚靠過你們什麼，我會保護海特爾和佩特，不須要你多事。」

「你！」弗爾泰握緊拳頭，肩膀繃緊，接著狠狠一咬牙，「你們母親後日會到達，她也很想見你們，那天之後她沒再笑過，你能不能體諒父母的心情？」

「……」波塞特轉開臉。

「我會保護他們的安全，請等海特爾清醒之後再談如何？」沙維斯介入氣氛僵冷的兩人之間，說道。

弗爾泰看了青年一眼，忿忿地轉身離開，跟隨的幾名烏爾傭兵很快跟著撤走。

傭兵團走人之後，若有所思的人們沒再多做交談，各自四散進入房間。

客室的房間相當大，甚至可說非常舒適講究，幾乎是高級旅館般的配置。

即使不是什麼特別室，光是提供這樣的布置就已經相當令人滿足。

波塞特看著早先被荒地之風的人送進房內的海特爾，對方仍然睡得很沉，壓根不知道究竟什麼時候才會清醒。

這也讓他覺得越來越奇怪，這個藥劑會讓人昏睡這麼久嗎？

丹泉已經醒了，叫作茉莉的小女孩雖然因爲能力崩潰而神智不清，但好歹也在昏昏沉沉中嘟嚷了幾次布蘭希的名字，那個兔俠組織的背叛者也醒來過一次才又昏迷，只有海特爾直到現在都還在沉睡，完全沒有任何反應，更別說甦醒。

就在波塞特想著是不是應該去拽琥珀找人再來幫忙看一下到底是什麼狀況，有人敲了房門兩下，之後便逕自打開了。

「我來看看海特爾的狀況。」非常自然打開別人房門鎖的琥珀，看看波塞特和角落的沙維斯，直接走進來，後面還跟著大白兔，「我請兔子和調魂溝通一下，看看是不是有其他我們沒發現的問題。」

「你也覺得海特爾有被動手腳嗎？」波塞特皺緊眉頭。

「即使劑量比較重，來到據點也該醒了。」琥珀看看兔子，後者走到床邊乖巧地坐下來，數秒過後突然歪向一邊，靠著扶手不動了，「但是檢查不出異狀，大概就是另一個層面的影響。」

屏息看著床上的兄弟，波塞特知道現在調魂正在檢查對方的狀況。

過了好一會兒，大白兔突然立了起來，開口卻是稚嫩女孩的聲音——

「他的『花園』封閉了，在沉睡。」

波塞特猛地站起身，「他們還有別的調魂？」他眞是太小看那些強盜了。

「不是，是暗示，像催眠一樣的，所以他會一直睡著。」布偶頓了頓，繼續說道：「他被下了暗示，不過不是問題，我能解除。」

聽著女孩肯定的語氣，波塞特才鬆了口氣。

布偶說完後又倒下了。

幾分鐘後，床上突然傳來細小聲音，波塞特抬起頭，看見一直沉睡著的海特爾開始轉醒，他連忙靠上去，按著剛醒就不安分的傢伙，「躺好。」

停頓了片刻，海特爾緩緩睜開眼睛，有點迷茫地看著身邊的人們，「這是……？」

「我們已經把你從第七星區帶出來了，現在這裡很安全。」沙維斯看著神色似乎不太對勁的青年，問：「你記得嗎？」

「……第七星區？」海特爾愣了幾秒，「啊，是的，我應該在第七星區……」

「那些混帳沒把你怎樣吧？」波塞特盯著好像還在夢遊的傢伙。

「唔……」海特爾伸出手，按著自己的額頭。

「你還記得什麼？」沙維斯將水杯遞給波塞特。

「給……給阿克雷的一些話……那是誰……」海特爾被攙起來，喝了水，這才發現幾人臉色各異。「他們說，把門開啓對大家都好，這世界會成爲大家都想要的那樣，不要再因爲無聊的事情猶豫不決。我不明白這是什麼意思？」

「那是廢話的意思，不用管它了。」波塞特看了眼站在一邊的琥珀，少年什麼話也沒說，顯然對這段留言很不以爲然，「還有其他的嗎？」

「奇怪了……好像忘記很多事……」海特爾捂著頭，搖搖腦袋，「似乎有很重要的事情，可是想不起來……一片空白……」

「他的記憶被消除了。」琥珀冷冷開口：「讓他休息，你順便再告訴他凍結的事情吧。」看這樣子，塔利尼估計又在玩什麼花樣，所以對人質的記憶進行必要性清理。

「嗯。」

□

之後又過了兩天。

就在所有人恢復到最佳狀態時，七大星區周圍也陸續傳出行者與聯盟軍大起衝突，引發大小不一的各種戰鬥，雙方各有傷亡。

快速計算過數據，部分荒地之風已經開始往各處據點撤離。

「堇青傳消息過來，荒地之風已經解決不少朱火藏在星區裡的暗樁，但是因爲時間匆促，沒辦法僞裝什麼，所以大部分出手的人都被星區通緝了。」

坐在小廳裡，琥珀打開大量訊息讓所有人能夠看見外頭的惡鬥情況，「塔利尼藏得太深，雖然妨礙他們幾次行動，但現在已經藏進深海了，很難再找到蹤跡。對了，附帶一提，兔俠組織的通緝令也下來了，現在不管是兔俠或是瑞比特，都是聯盟軍首要通緝對象，七大星區都想知道兔俠組織搗毀總長住所是否另有隱情。不過根據我們入侵到的深度情資，他們更想要利用兔俠組織來找出第七星區的污點，好讓誰先拿下這塊土地加以統治，以及想得到兔俠組織所擁有的情報。高層都相信這件事不簡單，他們想要搶前各個星區一步，得手情資。」

「第六星區也很亂嗎？」身體已經恢復得差不多的海特爾擔心地問。

「第六星區現在禁止居民外出，不過佩特接受芙西的保護，安全沒有問題。」琥珀把已知的狀況告訴桌邊的人們，「黑森林也封閉了，蒼龍谷的人還固守在那邊，聯盟軍不會攻進去，但黑森林大多數的人也無法離開。」

「我想回黑森林。」藤抬起手，憂心忡忡地說道：「植物們說泰坦耗了很多力量，我們必須幫助他。」雖然取得情報的管道不同，但綠能者也從空氣中的細語知道不少事情，最令他擔憂的莫過於黑森林的一切。

「我要回第七星區。」曼賽羅恩冷淡地開口：「雖然不知道你們到底想拿雙兵器如何，但我無法眼睜睜看著第七星區的一般人無辜喪命。另外布蘭希和那個小女孩也打算回去，我已經和她達成協議，她會出面統整存活的軍隊，建立保護點。」

「如果妳們決定這樣，就這樣吧。」琥珀沒打算勸說什麼，反正要留要走都是個人自由，「安卡家的訊息我會轉給妳，尤森安卡是眞的在關心第七星區，荒地之風準備好他未來所需的資源，妳們可以替他鋪一條路。」

「我也是這麼打算的。」曼賽羅恩站起身，「這幾年的調查裡，只有尤森是乾淨的，他很適合作爲第七星區的新總長。」

「後續會有人和妳聯繫。」琥珀轉向藤，「第六星區的話，有些東西得交給泰坦，他會知道該怎麼處理。」

藤點點頭。

「你們呢？」轉看沙維斯和大白兔等人，琥珀問道。

「在下留下來，你想攔住塔利尼那些人，在下相信你。」大白兔非常堅定自己的方

向，回答道：「還有……」他盯著少年近乎慘白的臉色，有些猶豫地想著對方的狀況，所以止住口。

「留下。」沙維斯看了眼海特爾兩兄弟。畢竟塔利尼會得到座標是因爲要救海特爾，爲了不讓青年內疚，以及未來強盜可能再找上門，這件事必定要有一個了結。

「芙西既然在幫忙，那身爲船員的我也不會夾著尾巴逃回去。」波塞特聳聳肩，「就和之前計畫的一樣，做到底。還有，我也不想看見那些渾蛋又出現在我哥面前，要滅就要滅個徹底。」

「我和藤一起去第六星區。」庫兒可連忙說道：「小茆她們也需要幫忙，對吧。」這裡既然那麼多人了，她就想到現在很可能只有自己一個人的女孩。

「我留下。」青鳥連忙報名，然後被無視。

「那就這麼定了，北海暫時會被看守在這個地方，等事情結束，兔子你們再自己決定處置。」琥珀確認好名單，轉發給遠在海洋另一邊的堇青，「另外就是烏爾的事情，今天早上烏爾的副首領已經到達，要求與波塞特你們見面……自己處理好這件事。」

海特爾握住自家弟弟緊繃的手腕，雖然已經提前知道，但心中還是湧上了許許多多說不出的情感。

終於，他們能夠見到家人了。

□

上午的海面天氣異常晴朗。

為了不給荒地之風據點添麻煩，最後波塞特兩人接受烏爾船隻的邀請，直接登上偌大傭兵船的甲板。

這艘船與幾天前那艘完全不同，規模也大了許多，外層開啓的追蹤系統，讓整艘大船被包裹在一層防護圈之中。雖然看見的船員不多，但還沒踏上階梯，波塞特就已經感覺到有許多強大的力量藏在船上。

他看了眼同行的沙維斯，後者搖搖頭表示沒感受到敵意。

「我們不會對你們有任何不利的舉動，請放心。」帶路的琅語氣誠懇地說：「兩位都是我們的少主子，烏爾傭兵團會誓死護衛你們的安全。」

接著，他們被帶至甲板上。

波塞特對於父母的臉，早就沒有任何印象，最初看見弗爾泰時，根本覺得只是陌生人一樣的存在，就連一丁點懷念的感覺也沒有……雖然他也很想說自己冷血，但真的毫無記憶。

現在站在那個男人身邊的，是一名看起來仍相當年輕的女性，外表遠比她眞實的年齡小，而且有種從骨子裡散發出的優雅的美，但那張漂亮的臉上卻帶著一抹濃得化不開的悲哀，好像那種情緒已經在她臉上凝固很久，成爲面孔的一部分；也讓那張臉看起來令人不忍直視，多看一眼都不太忍心。

女性聽見動靜後，抬起臉，那張臉的輪廓與海特爾很相似。

與波塞特表現的冷漠完全不同，和他一起踏上甲板的海特爾眼眶紅了，連一句話都說不出來，立刻幾個快步上前，一把和同樣紅了眼的女性抱在一起，兩人情緒都非常激動，完全無法來幾句感人肺腑的話。

波塞特看看站在他對面的弗爾泰，男人的視線正好轉向他，原本眼中的淡淡安慰和感動立刻變成無奈，似乎對於波塞特沒有主動上前感到些許失望。

「小波。」海特爾擦擦眼睛，回過頭，拉住波塞特的手臂，有些著急熱切地開口：「你還記得嗎……」

「不記得。」波塞特頓了下，才意識到自己過快的語氣可能會使女性傷心。就在他想要說點什麼掩飾尷尬時，女性緩緩朝他伸出手，一點也沒有受傷的神色。

「小波，你過來。」女性用的不是他們過往年幼的名字，而是現在的名字，「我們已經將你們在第六星區的事情調查完畢，你不用擔心，我不會強迫你們改變現在的生活，只要讓我好好看看你們就好，活著比什麼都還重要。」

雖然還是有些遲疑，不過波塞特終究有點僵硬地靠過去，讓女人一把摟住他，是和佩特完全不同的陌生感覺與味道。與其說是感動，不如說是相當不自在，多年來在芙西上進行的訓練，讓他對這些親密動作很敏感，真虧海特爾可以沒神經到絲毫不在乎。

幸好女人很快就放開他，大概是注意到他的身體僵掉了，便微笑地鬆開手，那張臉上的哀傷少了一些，被笑容所取代。纖細的手摸上波塞特的頭髮，自從使用極端能力那天之後，他的頭髮就是一直是火紅色的沒有再變回來。

「這沒關係，只是能力的影響，隨著時間過去，會開始慢慢褪去，變回原本模樣。」女人帶著笑，說著：「自我介紹，我是烏爾的副首領，賽蓮。如果你們願意，我們能從現在開始認識彼此，像朋友一般聊天。」

看看很高興的海特爾，波塞特伸出手，與賽蓮交握了手掌。

佩特的手掌因爲長年工作，長滿粗硬的厚繭，她一點也不在意，又嫌每天都要操作

儀器養護一雙手很麻煩，所以一直都是那麼粗，小時候被拉著手腕、摸摸臉頰，或是捱揍時，總可以感覺到那種有些刮人的觸碰與厚實的安心感。

賽蓮的手很漂亮，就像她的人一樣，帶著優雅的感覺，連指甲都整理得乾乾淨淨，弧度完美，一點也不像是經年累月四處征戰的傭兵；但是握著他的那隻手有些涼，微微地發抖著，好像是在徬徨很久很久之後，才終於找回自己的靈魂和寶物般的那種顫抖。

波塞特有些迷惑，當時他已經放棄父母了，他不相信了，結果他們現在抱著他、握著他，看起來既難過又開心。雖然沒有說出口，但不管是賽蓮也好，弗爾泰也好，他們眼裡都帶著渴望，希望他與海特爾能夠想起還沒放棄之前的那些時間，有兩隻熊娃娃、有個大房子，還有父母對兩人殷殷期盼與寵溺的那個時候。

他應該要像海特爾一樣，意識到自己不能把當時的情況遷怒在父母身上，不管是他和海特爾或者是弗爾泰和賽蓮，都是被害者。

可是……

「小波！」

把海特爾的聲音甩在身後，波塞特轉頭逃離烏爾的大船。

他真的沒有辦法忘記。

他憎恨強盜團、憎恨實驗室、憎恨寇奇，還有所有傷害過他們的相關人，還恨父母從來沒有找到他們。

如果像海特爾那樣抱住過去，發生過的所有事、他們受到的傷害，還有那一個又一個只有彼此的黑夜，就好像變得沒意義一樣。

「波塞特！」

在小屋前，有人一把抓住他的肩膀，迫使他停下腳步。

猛然回過頭，他看見追上來的是沙維斯，意外地，海特爾與烏爾上面的人並沒有跟上來，很可能是這傢伙擋下那些人。

「不要逃走。」沙維斯就像不常般的語氣，表情也一點都沒有變化。

「……你倒是告訴我，我該怎麼忘記那麼痛的過去，好像沒事人般笑嘻嘻地去認親？」波塞特握緊拳頭，克制住自己不要往對方臉上揮。他覺得腦袋亂成一片，而且有一種連自己都說不出來的憤怒，「我根本不是他們想像的小孩，我甚至對那些一點懷念都沒有！我看到他們，只想要他們離開我的視線，我只會想到那間實驗室……現在要我忘記那

些嗎？」

「你要忘記什麼？」沙維斯有點疑惑，按著青年因為情緒波動而上下起伏的肩膀，「我認為和海特爾、你們一起，相當放鬆自在，但我並沒有忘記我身上所發生過的事。」

「這不一樣……」波塞特揮開對方的手。

「你不會忘記過去，那和現在的接受不會有任何衝突。」沙維斯認真地看著對方，青年表情非常不安，但他可以理解，「真正的忘記，比你想像的還要痛苦，你和海特爾不用勉強忘卻實驗室的事情，你們也無法做到。」

看著眼前真的「忘記」的沙維斯，波塞特突然說不出什麼回頂對方的話。

「你們和我一樣迷路了，同樣失去起點那些事物，只是現在你們先找到出口，能夠有再次銜接回起始的機會，不是很好嗎？」沙維斯抓住對方的手臂，不讓人有機會躲回小木屋，然後說道：「至少，你們都活著，而不是只能面對冰冷的碑文，一次次詢問自己究竟失去了什麼。」

「……」

「他們在找你，不要逃走，就算你不記得幼時，也不會改變你們的關係。」

「……」

「而且，我認為佩特應該也會希望你們找到。」

波塞特甩開對方的手，用力閉了閉眼，然後揉著發痛的額角，「……你怎麼越來越像個老媽子一樣囉嗦。」本來還一肚子火的，現在被他這麼一講，哪裡還有臉朝別人亂噴。

「……芙西的船員不是說過，我以前很親切嗎。」沙維斯勾起唇。

波塞特給對方一記大白眼，深深吸了口氣，看著依然等在海面上的烏爾大船，壓下心中的動搖，「該死，我還是想要揍弗爾泰，超討厭他的態度。」

但是，他知道沙維斯說的沒錯，他心底也同意對方的說法。

「海特爾說過你的態度比較有問題。」沙維斯接住眞的往自己這邊揮過來的拳頭。

「別有事沒事跟我哥在那邊廢話！」波塞特現在不只想揍烏爾的首領，還想揍自己的哥哥。

沙維斯鬆開手，看著青年不甘不願、罵咧咧地拖著腳步，往烏爾的船回去了。

「你還眞好心啊。」

回過頭，沙維斯看見湖水綠站在小屋門邊，慵懶地靠著。

「那種糾結，過兩天他就會自己解決了，浪費口水。」琥珀歪著頭，看著高大的男

人。「波塞特沒那麼想不開。」

「我知道，但他想要一起去對付塔利尼，還有海特爾將要暫時凍結，最起碼現在他們可以先相聚，將時間浪費在那些逃避上，太過可惜。」沙維斯往少年走去，然後與對方擦身而過，「浪費過的人，只要一個就夠了。」

「你迷路了，但是你的出口也並不遠。」

沙維斯停下腳步。

「死人的事，怎樣都無法補救，活人的話，未來還是有很多可能性。」琥珀迎著對方審視的目光，冷冷一哼。

「我會找回『眞實』。」沙維斯淡淡說著。

「……你們相信我，不要懷疑我，以後有很多事情，都能夠找回出口。」

沙維斯猛地愣了下，正想要開口問少年是什麼意思時，對方已轉頭離開，完全沒打算再和他說上一個字。

他總覺得，少年的話並不單純。

第七話▼▼▼交疊的訊息

青鳥站在小島上，看著海平面上日落的景色。

橙紅色的夕陽將整片海面照得紅通通，色彩隨著波浪翻動，看起來像鋪了一層淡淡的火焰，似乎來個大浪就會整片海域都燃燒起來，非常艷麗。

「吃飯了。」被使喚上來叫人的琥珀，看著海邊矮子的身影，有股從後面把對方踢下去的衝動。

「啊我剛有吃一點。」青鳥從一片艷紅中回過神，朝少年招招手，「來坐一下吧。」

看著不知道又想要做什麼的傢伙，琥珀還是走了過去，兩人就像以前在學院的草地上般，席地而坐，接著青鳥從一邊的小袋子裡翻出點心，諂媚地遞了過來。

接過小糕點，琥珀默默看著海。

兩人就這樣沒有任何交談，靜靜地一直坐到夕陽完全消失在海面上、周圍開始變黑，才又站起身。

「回去吧。」琥珀拍掉手上的糕餅屑，「明天要送走海特爾，再去和他聊幾句吧。」

上午那一家子騰鬧了半晌，後來倒是和和樂樂地坐下來交談了。其中可以看得出來，最高興的應該是海特爾，青年心情好得已經無懼未知的凍結，他知道即使停止時間，周遭所有親人朋友都在，而且他們會等待他重新睜開眼睛，所以放下了乍聽時的那些恐懼，堅強地露出笑容。

「琥珀。」

琥珀停下腳步，看著站在原地的青鳥。

「我從那次之後都沒問你什麼，以後也不會，只是現在你能給我個保證嗎？」青鳥看著一如往常的少年，即使承認了與第一家族有關，但琥珀還是那樣什麼都不在意的神色。他想想，說道：「事情結束之後，第六星區，我們一起回去。」

「之前不是說過類似的嗎？」琥珀挑起眉，覺得這件事好像不只提過一次了。

「……嗯，也是啦。」青鳥笑了笑，有點不太好意思地踏了踏地面，「那我們去吃飯吧。對了，海特爾那事眞的沒問題嗎？」

「眞的。」與對方慢慢往回走，琥珀說道：「堇青的能力是『凍結』，第三類能力者，他能暫停有機生物的身體時間，雖然只是暫時，但一、兩年還不是問題，對人體不會造成影響，也沒有後遺症。」

「原來你說的凍結是這個意思，我還以爲是用荒地之風的什麼科技。」青鳥還以爲是用某種儀器之類的，因爲琥珀說得太理所當然，他反而沒意識到指的是能力。

「凍結是罕見的第三類能力者，不管是聯盟軍或行者、處刑者，多少都會知道，估計

我在說的時候大家都知道我的意思。」琥珀鄙視了下矮子。

「分類那麼多哪記得住啦，我腦子又不大。」青鳥雖然也是能力者，不過根本沒記住全部種類，只知道比較常見的那些。

「……你一定要承認自己腦子不大嗎。」琥珀很無言。

「我覺得是不大。」青鳥很有勇氣承認，反正也不是第一次了，「不過如果以後不做處刑者，像以前一樣生活，我想很夠用了。」

「不做了？」琥珀勾起唇。

「不做了。」青鳥搖搖頭，「我們回去吧，等學校重建完畢，周邊的餐廳肯定也會回來，我帶你去吃限定版的奶油蝦。」

「……好。」沒多說什麼，琥珀點了頭，「要大隻的。」

「基於之前給你增加很多麻煩，我可以請你一整年的大蝦，吃到你怕死。」青鳥計算過自己的存款，搞不好連吃個兩、三年都不成問題，前提是他弟有辦法天天三餐都這樣吃還吃不膩，剛好可以順便糾正這孩子的偏食。

當然知道旁邊傢伙的腦袋裡在想什麼，琥珀瞇起眼，「丹泉大概沒告訴你吧。」

「什麼？」青鳥眨眨眼睛。

「他和瑚爲了矯正我的喜好，有將近一整年我的三餐全部都是蝦。」俯視著在打同樣算盤的人，琥珀冷笑，「眞是太美好的一年。」

「……一整年，每天一餐。」青鳥立刻修正剛才的話，「其他的吃組合餐，要有營養一點。」

琥珀瞥了眼青鳥，露出「對你很失望」的表情。

就在兩人邊互相鬥嘴，邊往下移動時，琥珀突然停下腳步，旁側的青鳥很快地看見對方手腕上湖綠色的小光芒。那是他們之前認爲是證明意念或誓言的神之見證，可是他們剛才並沒有做什麼會被見證的事，這光來得有點莫名其妙。

「堇青有急事。」琥珀皺起眉，打開通訊。沒有語音或影像，只有一長串加密過的數字。

見琥珀表情變得很凝重，青鳥意識到這串數字有問題，「說什麼？」

「這是座標。」琥珀咬咬牙，恨不得把鬧事的混帳們拖出來痛打一頓，「塔利尼他們正在追蹤的座標，已經重疊到主軌道上了，我太小看那個影鬼，他手上肯定還有更多東西。現在他們找到母艦航行軌道只剩時間上的問題，這速度……」

「快告訴其他人吧！」就算腦袋小，青鳥也知道大事不妙了。

「嗯。」

正想快點回到海底基地，這次換青鳥停下腳步。猛地往方才看夕陽的地方看去，原本應該空無一人的小海島邊緣，突然出現一道黑暗的影子，毫無預警，如果不是對方身上的滴水聲，他真的沒察覺到有人離他們這麼近。

青鳥立刻將琥珀擋在身後，警戒地盯著那東西看。

那是一個人形的東西，並不是人類，但輪廓是人的樣子。仔細打量，那似乎是人形的機組，手腳非常長，身體大約是普通人的兩、三倍大，面部沒有五官、光滑平坦；整體覆蓋著一層液體般的金屬物質，那種隱隱流動的怪異金屬正不斷複製周遭景物色彩，又開始融成像是小島的樣子，試圖遮掩蹤跡。

「什麼鬼東西。」青鳥皺起眉，沒看過這樣的機組。無法從對方身上感覺到敵意，且這玩意似乎沒有移動的打算，只在原地漸漸融進景色，僅剩一層淡淡輪廓依稀可以辨認。

「那是……」

「趴下！」

琥珀的話還沒說完，後面突然有兩隻毛茸茸的手掌將他們往地上一按，還沒碰撞到地面，怪異人形機組面部已閃出一道詭譎的光。

青鳥只捕捉到閃光往他們這邊削過來，接著就是身側有東西斜拉而上，纏繞在上頭的雷光正好打散似乎帶著冷冷殺氣的光閃。

「快進屋內。」大白兔拉起兩個小孩往後退，一旁的沙維斯立即衝上前，橫刀擋住撞上來的金屬機組。刀鋒與金屬相撞時，很明顯地所有人都看見了液態外層瞬間變硬，絲毫無損地擋下包覆著一層雷電的長刀。

「什麼東西啊！」青鳥看著那玩意被砍掉僞裝，又變成另外一種金屬外表，就這樣和沙維斯打了起來，而且動作居然不遜於沙維斯，看起來並沒有被打退的跡象。

「古代人造人，沒想到竟然還有存留。」琥珀皺起眉，在心中思索著，「我以爲應該已經全數被蘭恩家破壞——除了母艦裡可能還有遺留的那些。」

「在下也只在十島見過這個記錄。」大白兔看了眼少年，細細回想起以前閒暇時看過的某些記載，「十島的護衛有一部分是仿製自此，如果在下記的沒錯，這種機組是用在破壞上。」

「嗯，是在橫渡星河時，代替人類，拿來破壞外界障礙物的用途。」琥珀停頓了下，繼續說道：「後來在星球拓荒時期仍然有使用，但在家族戰爭時被作爲兵器，當時主開發

的蘭恩家見原意被扭曲，且人造人的殺傷力太強，用了好幾年收拾這些已經不能繼續留存的東西，確保沒有任何家族手上還有這件物品。」

「只是人造人，沙維斯應該不會有問題吧。」青鳥聽著稍微鬆了口氣，還以爲是什麼恐怖的東西。

琥珀冷眼看著矮子，聲音沒有起伏地說：「這是橫渡星河和拓荒使用的古代物品，意思就是這東西的材質非常特殊，特殊到可以適應各種環境變化與襲擊，而且硬度可抗隕石撞擊。」

「……要不要叫沙維斯快逃。」青鳥立刻覺得大事不妙。

還沒來得及叫人逃走，海岸邊又傳來細小的滴水聲，即使夜間視物能力弱，但青鳥同樣發現好幾個人造人機組正在上岸。一邊沙維斯的打鬥亦引起了注意，短短幾秒內，許多留守在海上的烏爾傭兵與據點內的荒地之風人員急速出現在小島上。

大群人馬正要抵禦不明襲擊時，琥珀擋下荒地之風，「都等等，這麼多我們早就全死光了，看看它們的來意再說。」

聽見了少年的話，沙維斯甩飛對峙的人造人，急速回到己方身前拉出保護範圍。原本正要驅逐的烏爾傭兵團也止住，由琅帶頭的幾人維持著隊形戒備。

不知道是不是如琥珀所說，從海中出現的人造人似乎沒什麼敵意，沙維斯停止動作之後，原本的那個也不再襲擊，再次從海水裡爬出來，就安靜地站立在原地。

琥珀看了看，走向最近的一個，抬起手時，人造人也抬起寬大的手，金屬手掌上只有三隻手指，他想也沒想，就將自己的手放到對方冰冷的掌心上，甚至還碰到一些殘存的海水。

幾乎死貼背後跟著的青鳥被這舉動嚇了一大跳，還沒將人拽走就看見人造人的掌心波動了下，發出黯淡的光，好像在掃描辨別什麼似地，來回顫動出幾次漣漪般的小光圈。正想著該不會就這樣啓動了什麼神祕的儀器時，眼前的人造人突然自中心整個往四面八方爆開，青鳥想也不想一把抱住琥珀，以最快的速度翻身閃到側邊，還沒著地就被很多手往後拉走。

烏爾和荒地之風的人立即擋到前面，各自拉出風和水的盾壁。不過人造人並沒有像大家所想的引起爆炸或是再次發動攻擊，只是原地炸開……與其說炸開，不如說人造人是「打開」。那些金屬外層像是有意識般地散開來，露出包覆在裡面的人造人本體——也是某種不明堅硬金屬，霧銀色的材質，卻沒有映射出光線、倒影。發出細微聲響後，本體從中間裂開一條線，竟然也打開了，而且內部出乎所有人的意料，完全空心，沒有任何儀器，也沒有相關機組，是完全的中空空間，似乎還可以容納一、兩人在裡頭。

空蕩蕩的人造人身體內只有一枝已經枯萎的花朵。

青鳥沒見過這種花，已經乾枯到呈現詭異的黑褐色，像是被燒過似的看不出原本是什麼顏色。他瞄了眼沙維斯和大白兔，一人一布偶都搖頭，顯然他們也沒見過這種花。

接著，其餘人造人突然全部一起「打開」，紛紛從裡頭掉出一樣的花朵，同樣乾枯。

小島上的人疑惑得不知該做何反應，只能愣愣地看著奇異的畫面。

這些人造人約莫掉出十來朵花之後，又紛紛關閉，再次恢復成原本金屬包覆的樣子，接著轉頭跳入海中，沒有引起任何動靜，就像來時般莫名無聲地消失在黑暗當中。

「這是……」青鳥反射性想要問問琥珀，赫然發現站在旁邊的琥珀臉色非常差，好像看見什麼恐怖的東西一樣，那張平常沒什麼表情的臉整個鐵青發白，人還僵住了，瞪著那些花朵一個字也沒說。

「這些是什麼意思？」琅走上前，他們和荒地之風一樣都注意到少年的臉色，正打算進一步發問時，幾名荒地之風突然不客氣地擋在他們前面，不讓他們再靠近少年一步。

「……造成這種騷動，我們應該可以得到一個解釋吧？」

「與你們無關。」領首的荒地之風冰冷又不客氣地回應，「也沒有危害到烏爾，請撤回。」

傭兵們明顯露出不悅的神情。

「請先別緊張，若有與烏爾相關的事宜，在下相信釐清之後，會告知烏爾的兩位首領。」大白兔見傭兵團似乎開始發出不滿，立即幫忙圓場，「畢竟此處爲荒地之風所有，凡是於此發生的事態，應大多都指向荒地之風。」

「我們首領和少主子們都在這裡，烏爾不希望再度發生什麼壞事，畢竟他們一家才剛相聚。」琅也知道最好不要在荒地之風的地盤上鬧事，就順著大白兔的話點點頭，「如果有什麼狀況，我們會立即趕到。」

說完，傭兵團才全數散去。

小島上很快恢復平靜。

青鳥看著好像毫無疑惑便全部撤走的荒地之風，又轉回看著琥珀，後者現在臉色已經好很多，似乎用最快的速度平復好心情，看不出剛才震驚的失常模樣，但同時也散發出不會回答任何問題的冷漠排拒。他吞吞口水，轉向大白兔兩人，「你們怎麼會跑上來？」

這個時間大家應該都在吃飯才對。另外，因爲海特爾明天要被接走，所以今天大家都特意留了空間給那家人，讓他們一家四口可以暫時聚一聚。騰出空的沙維斯和大白兔利用這些時間更新七大星區的最新狀況，理當不會出現在這裡。

「我們上來透口氣。」大白兔說道：「七大星區狀況持續惡化，每個星區皆遭到不明襲擊，數個海港商城出現武器庫衝撞，似乎有人意圖重新挑起戰爭，雖然已經預先發出各種警告，處刑者相連的情報網亦早就流傳武器庫的訊息，但仍不免有傷亡損失。」

「加上荒地之風強硬阻攔強盜團，也與星區一些勢力正面發生衝撞，各地皆有零星行者與聯盟軍的小型衝突，造成不少恐慌。」沙維斯雖然知道荒地之風阻止的是藏在聯盟軍中的反勢力，但一般人不知道，聯盟軍也不可能全部都知道，大多數人只會認爲是荒地之風插手星區事務，行者的大規模活動已引起各方關注，聯盟軍正極力壓制能力者的動作。

「……他們想要轉移七大星區的注意，好讓塔利尼在拉出母艦時不受干擾。」琥珀捏緊拳頭，幾個深呼吸後，慢慢走到旁側，一枝一枝地撿起花朵，「而且，他們正巴不得七大星區戰爭、互呑消亡，哈爾格以前就策動過一次，那是他們的心願。」

「這是什麼意思？」沙維斯看著少年手上的花朵。

「給我個預警吧。」琥珀收攏乾枯的花束，「如果這些不是殘留的，那就只有可能是從母艦出來的；他們想告訴我時間不多了，讓我盡快處理海面上的事。」

「但是他們剛才分明攻擊……」

琥珀看著大白兔，搖搖頭，「剛才如果沒錯應該是沙維斯先出手吧，所以它才會反擊。就像我說過的，如果它們有攻擊我們的意圖，其實我們早死了。」

沙維斯沉默了下，剛才的確是他察覺有異物時先抽出長刀，接著人造人才發動襲擊，而他轉手抵擋。

「身爲監督，以第一家族爲中心設計基礎的古代科技不會傷害到我，這點你們可以放心。」琥珀補充了句說道：「現代科技也很難。」

這點倒是所有人都有認知。

經過一晚不大不小的騷動與相聚時光，翌日一早開始，便要各自分別了。

賽蓮堅持要與海特爾前往荒地之風，畢竟才剛回到身邊的兒子正要經歷重大危險，她無論如何也不能安心讓他一人和行者們混在一起，所以便帶著些許心腹相偕離去。而其餘人也依照意願，被安全地護送出航，不引起海面上其他勢力的注意。

爲了讓海特爾放心，波塞特並沒有告訴對方追擊母艦的事情，以免這傢伙好不容易放鬆心情又要開始緊張，他只大致描述一些大家都知道的那些檯面上的狀況。

「你真不擔心？」沙維斯環著手，目送著最後一批離開的人。

「……越早解決掉那些強盜團，我哥就越早安全吧。」波塞特斜了眼對方，「管他能不能拿出來，摧毀源頭也等於一切都可以結束。」要留下來一起處理母艦，這件事佔了很大一部分原因。他有想過最壞的打算是真的完全無法解除，那往另一方向思考，只要讓握有操控器的人一個不剩，海特爾同樣能得到安全；這麼一來，即使取不出來也無所謂了。

「我們也差不多可以出發了。」琥珀從後面走上來，看著海面上逐漸遠行的其他船隻，「最後問一句，你們真的不打算抽手嗎？」看著這些人，他還是想再多問這麼些話。

「琥珀弟弟，你什麼時候開始也這麼多廢話了？」波塞特挑起眉。

「出發吧。」琥珀冷眼一瞥，直接往旁邊走。

他們幾人使用的仍是原先那艘潛水船，荒地已將內部整備好，也提供路上所需的各種物資，甚至大量壓縮血液塞滿了醫療箱，就怕他們突然又有嚴重的超量需求；而一邊還有好幾個大白兔布偶，顯然是為了提供轉移使用，上面都做好了快速轉移系統的準備，相當周到。

沙維斯站在一旁，看著再度以瑞比特之姿跳上潛水船的青鳥，和大白兔邊說著話，邊踏入潛水船，波塞特也走入後，他才偏頭看著同樣看向他的少年。

「其實你已經預料到會打開母艦不是嗎？」

不論是被動，或是第一家族的判斷，沙維斯認爲母艦遲早會被開啓，就像少年雖然曾經阻止過他們，但他也知道，打開過往的最後船艦是「必要」的事。否則，依照他的身分，眞的不想打開，只要調動整個蘭恩家，必定就能夷平哈爾格、甚至是塔利尼這些潛伏的存在。

琥珀負著手，看著波浪不斷的海面，「我的狀況不是你們想的那麼單純，但我確實知道遲早會打開；打開之後，這星球是生是死最終看的並不是『我』的決定。我的任務，原本只是在這世界上，中立地看著所有存活者的舉動，看著這些反叛第一家族的全部人類們是不是還有存留的價值，然後在時間來臨時如實回報……簡單地說，我必須知道第一家族的滅亡究竟是不是白白犧牲。」

他一直是個中立者，不希望與任何人有所接觸，然而，所謂的中立，早在他正眼看著那矮子的時候出現了裂縫。

「你究竟，認爲在你身邊的這些人是怎樣的存在？」沙維斯看著面部表情依舊冷漠的男孩，「帶著你到安全點的人，守護你長大的人，還有陪伴在你身邊的人，即使僅有這麼一點點，難道無法讓第一家族確認世界還是存在著有價值的事物嗎？」

「……」琥珀沒有回答這個問題。

沙維斯正想再說點什麼，身邊突然一暗，高大的男人從上方落到他們身側。

「我也一起去。」弗爾泰瞇起眼睛，看了看潛水船，「我一人，烏爾會在海面上留守，規矩你們定。」

琥珀笑了聲，「烏爾的人還眞放心你這首領單獨亂跑。」

「烏爾傭兵團的崛起不是單靠我一人，他們有絕對的能力足以維持所有工作。」弗爾泰回過視線，「接下來這段時間，賽蓮是『母親』，而我是『父親』；先前得罪的地方，請原諒。」昨晚一家人聚餐，雖然波塞特還是很不自在，但好好坐下來慢慢地吃飯，聽著賽蓮和海特爾快快樂樂地交談，弗爾泰也反省了自己強硬的態度。原本再見到波塞特兩兄弟，他就只想著必須要將孩子們奪回，重新取回被剝奪的那份幸福，所以確實沒有體諒到其他人的想法，兩兄弟現在已經是成人，並不是那時候的孩子了，他必須要修正他的態度才行。

「……隨便你。」琥珀看了眼已經軟化的男人，沒多說什麼，扭頭走入潛水船。

弗爾泰看向沙維斯。

「我會留意波塞特的安全。」沙維斯說道。

「不，關於你的事情，或許我們能幫上點忙。」弗爾泰完整調查過沙維斯的背景，也聽過海特爾的描述，開口：「傭兵團有自己的黑市管道，日後有機會可以尋找某些第三類能力者，說不定可以反向修復受損的問題。」

「嗯，之後再請你們費心了。」沙維斯也就接受對方的好意，點點頭。

最後兩人踏入船艙內，波塞特看見來人時一度驚愕，但並沒有之前劍拔弩張的態度，雖然有點不太自然，不過還是沉默地朝對方點點頭，算是打了招呼。

就在波塞特想要隨便找點事情轉移注意力時，弗爾泰突然往他走來，他瞬間緊繃起身體，沒想到弗爾泰只簡單說了一些話。

「我教你善用頂端能力，你要變得更強才行，但會很辛苦，你要有心理準備。」

波塞特瞇起眼睛，感受到男人身上強悍的炎獄能力，那股和沙維斯對撞的凶猛實力，於是他勾起冷笑。

「來吧。」

有什麼會比在實驗室裡更辛苦的，哼。

□

第六星區

「聯盟軍似乎暫時停止攻勢了。」

蕾娜拿著手上最新報告，快步走進黑森林中心大廳，森林之王的幾名重要幹部都已回到這裡，排列而坐地分析著七大星區目前的形勢，其中有幾名蒼龍谷的人員。聯盟軍攻擊黑森林時，這些人就這麼留下來，連龍也棲伏在參天巨木上，像是守護者般不曾離去。

泰坦當日說了和蒼龍谷合作，所以現在黑森林中的人沒有將這些蘭恩家的訪客當作外人，一起商議著各種事態。

其中最讓人矚目的，還是伊卡提安與泰坦。

泰坦清醒的時間明顯多了，大部分的時間都和伊卡提安在大廳邊上的座位下著某種古老的棋子，在必要時給所有人一些建議，或是分出力量讓黑森林組織的成員將包裹著綠色種子的力量散布到各地。

最終，無論如何，只要是戰爭，就會引起毒素並擴散到全世界，到時必定須要釋放那些綠意，盡量稀釋有毒物質；他們也需要大量的「眼睛」來監控污染的影響與程度。

蕾娜看著依然不發一語的伊卡提安，走到泰坦邊上，「荒地之風突然強力介入強盜與星區之間、第七星區爆發衝突後，各地勢力也紛紛製造騷亂，星區聯盟軍不會放過這些機會，雖然前幾天武器庫再度碰撞，不過現在第六星區也派出大規模海艦，接下來應該是爭奪第七星區的第一次衝突。我們在第七星區的人預計明晚會抵達黑森林，但還有幾位尚未撤回。另外，亞爾傑留守在第六星區的聯盟軍總部，與總長達成某種協議，他的私人部隊已經進駐保護總長……」

「小茆還在組織反抗軍嗎？」泰坦輕輕問道。

「嗯，她聯繫上許多月神的過往人脈，其中有許多原本就反聯盟軍的能力者支持她，雖然目前人數不多，但想要殺進聯盟軍可能也不是難事。」蕾娜相當擔心這部分。小茆在失去露娜後雖然一度崩潰，但現在讓她靜下來，她卻開始策劃復仇，而且要拉著聯盟軍陪葬。蕾娜與黛安分別勸說過，基本上毫無效果，小茆壓根聽不進任何人說的話。

泰坦若有所思地看著棋盤。

「……你認為亞爾傑是真心想殺掉阿德薩和露娜嗎？」蕾娜和許多人一樣，至今仍不明白亞爾傑的行動。這世界上，最不可能傷害阿德薩的人應該就是亞爾傑，先前他支援月神幾乎可說是不遺餘力，卻在最後殺了他們夫妻，將月神組織所有情報全部曝光給聯盟軍，致使月神組織的許多資源盡毀。也因此，遭到波及的支持者們更憤恨聯盟軍，不少傷亡嚴重的相關人員此次都大力協助小茆，希望她能替月神狠狠地復仇。

蕾娜雖然也恨亞爾傑殺死露娜，但更多的是不解，她真的不懂背後有什麼原因。又或者是他們從來沒看清過亞爾傑？所有的支援，都只是對方爲了現今的地位而推動的。現在他已經是總長身邊最得信任的左右手之一，地位壓過原本的古老家族，甚至還破壞了那些勢力，取而代之。

只是，蕾娜真的看不出來亞爾傑是那種人，他在阿德薩家裡，一點也看不出是那樣子地凶狠。

「我不明白人類的心態。」泰坦語氣依舊很淡，全然沒有任何感情，像是不太在意這樣的事情，卻又與蕾娜說道：「但露娜要我承諾過，小茆必須活著。所以，妳不用擔心她。」

「如果是這樣，我就放心了。」蕾娜嘆了口氣。

泰坦看著又是一面倒全輸的棋局，有些不解地收回手，打了個哈欠。

伊卡提安突然站起身，提起長刀，「他們出發了。」

「誰？」蕾娜沒有立即反應過來。

黑色的處刑者還沒回答，大廳外先起了一陣騷動。

外頭的守衛幾乎全抬頭看著第六星區上方天空，竊竊私語著，散布在空氣中的綠色飄浮物，將訊息快速擴散到綠能力者們獨有的聯繫網中，很快地，所有黑森林的成員同樣抬起頭，看著不知爲何漸漸蒙上一層灰暗的第六星區天空。

這與黑森林遭到攻擊的那天晚上有點像，但現在是白天，灰暗層看起來特別明顯，好似一層上了色的玻璃殼般覆蓋在空氣中，包裹住第六星區上方。

蕾娜還沒反應過來那是什麼物質之前，身側就被黑影擦過，無法視物的處刑者完全不受任何聲音影響，筆直走到外面的階台，兩三下翻身至頂端瞭望台，看守的人還沒回過神，伊卡提安已經揮出長刀，強勁的風颳過黑森林上方，壓縮的氣流炸開來，瞬間斬開那層灰暗物質，猙獰地裂開巨大的口。

黑森林上方的灰暗層就這樣潰散掉一部分。

蕾娜雖然慢了一步上去，但也足以看見灰暗物質上好像有某種電流奔騰竄過，試圖修復那層詭異物質，只是氣流造成的缺口似乎修復不了，就這麼留下露出黑森林的大型縫口。

「病毒。」伊卡提安簡短丟下兩個字，一下子又消失在瞭望台上。

不知道對方指的是那層膜是病毒，或者他是用病毒破壞的，蕾娜幾秒愕然過後，立即招來黑森林成員以最快速度分析這層不明物質，畢竟伊卡提安不可能輕易出手，破壞黑森林上方的物體，肯定是這層東西對他們會有某程度的影響，必須快點分析出來。

伊卡提安就這麼旁若無人地又一路回到泰坦桌前。

「我見過。」泰坦用著美麗的臉孔說道：「抗第一家族系統。」

「他們意識到第一家族出現，想要隔絕。」伊卡提安冰冷地開口：「我該離開了，蒼龍谷的人會保護你們。」

伊卡提安走出大廳時，天空的灰色物質已經淡去，又恢復晴朗的顏色。

只是那層防禦系統並未消失，啓動之後，便逐漸隱沒偽裝於空氣之中，接著會抵銷掉大量外來入侵，直到擁有發動資格的人關閉爲止。

這時候，其他星區應該也都開始打開這個老舊的系統防護了吧。

就如同那一天，他們毀滅了第一家族一樣。

第八話▼▼▼軌跡

青鳥吃著美味的點心。

進入設定航程後，琥珀不知道爲什麼變得很嗜睡，從踏上潛水船便開始睡覺，睡到晚間起床吃個飯，看了情勢報告，又開始睡。

離開荒地據點的現在，已經是第三天的早晨，期間琥珀清醒的時間不到五個小時，讓青鳥很擔心，但是琥珀只說了一句「面對他們很無聊，他想睡覺」，他就什麼也問不出來了。

而且這種異狀不僅青鳥注意到，所有潛水船裡的人都發現了，但少年壓根沒打算說明原因，只要有人發問，他就一句結束對話，完全問不出個所以然。

之前親眼目睹琥珀身體發生狀況的大白兔也陷入憂心狀態，他隱隱覺得可能和當時的異常有關係，可是因爲對方的警告而無法告訴其他人，只能盡量多注意少年清醒時的活動，不過還是看不出來哪裡有問題。加上這兩日他正在努力熟悉裝甲，和波塞特父子一樣，無法隨時隨地監看琥珀的情形，故只能盡量地抽時間多加注意。

幸好弗爾泰一改先前的強勢，這兩天居然和波塞特處得還算和平，估計是因爲兩人在打鬥上有某方面的契合，難得在吃飯時也可以看見他們一起討論，興頭來了甚至還拉著沙維斯一起比劃，所以這部分大白兔安心多了。

「大俠。」

大白兔正在思考全員大致狀況時，青鳥從一旁走過來，「你有沒有覺得……」話還沒說完，潛水船突然一頓，就這樣硬生生地好像被什麼拉扯住般停了兩秒，原本坐在角落的沙維斯立刻站起身。

「不用緊張，這是被拉入正式航道的反應。」船內幾人還沒反應過來，琥珀已推開小房間的門，揉著眼睛說道：「待會兒就會看見荒地的接應船，現在開始就得小心了，塔利尼的船也在附近，他們手上同樣有前世代技術，一般偵測不一定能發現他們。」

浮在空氣中的領航員打開畫面，潛水船的位置在極深的深海區域，四周一片黑暗，什麼也看不見。爲了不引起海底的騷動，所以船體外並沒有開啓照明，船內的光源也無法透出，四周充滿壓迫感的深黑與窒息靜寂。

在這種地方實在看不出來有什麼航道，除了剛才那一下拉扯，就沒有其他特別的感覺，潛水船依然穩穩地前行著。

「現在離目的地還有多遠？」大白兔也看不出個所以然，很乾脆地開口詢問，「我等主要任務應該是攔截塔利尼，是否能稍微預估何時會碰撞上？」

「快的話應該立刻就會撞到了，慢的話……」琥珀豎起一根手指，比比上方，「我忘記告訴你們，不管是主航道或者副航道，上面都會設置一些干擾陷阱。」

少年的話才剛說完，潛水船再度一頓，這次居然好像有什麼巨大物體撞擊在潛水船的正上方，整艘船被奇異的力量晃得偏離，接著才又拉回航道上，不過船體上的負重感並沒有消失。

頂上壁面變成透明的之後，一行人都看見了機組……青鳥覺得應該是機組，貼伏在上頭的是某種生物般的東西，隱約有著金屬般的流光，但又好像有生物的皮肉，可以看見細微的絨毛貼黏在透明的船頂。

「這是人造人，和之前島上遇上的是類似的東西。」琥珀與其他人同樣抬起頭看著生物。

「我去處理。」弗爾泰按住腰上的潛水防具。畢竟是傭兵團，所以在各式各樣的環境中，他都有應對的辦法。

「這不能用你的身分排除嗎？」沙維斯看向琥珀。

「是可以，但是很容易引來更多東西。」琥珀聳聳肩。

「沒有增添麻煩的必要。」弗爾泰雖然在波塞特面前不再那麼緊繃，但對於琥珀，他仍保持著疑慮，所以決定速戰速決。

琥珀沒打算攔人，總之有自動自發的戰力是最好的，而且傭兵團的團長也不太可能令人失望。

果然就在弗爾泰離開船之後不到五分鐘，攀附在上面的生物像是遭到某種重擊，突然鬆開身體，往旁側滑落，就這樣消失在黑暗之中。接著傭兵團長回歸，手上還拽著一塊從生物上扯下來的某個部分。

「我將這些帶回烏爾研究，你應該不會阻止吧。」雖然是詢問，但弗爾泰並不打算接受對方的拒絕。這種半機械型生物沒有記錄在現今的資料庫中，既然是古世代的遺留，必定可以從裡面分析出很多聯盟軍埋藏的物質，烏爾可以藉此解析並發展。

「隨你。」琥珀不打算插手。

波塞特也有點好奇人造生物，伸手接過，發現摸起來眞的就像是一般的活物，有皮肉也有細胞組織，其中的細微神經則是不明的銀色金屬，網狀般分布在被扯裂的血肉當中，這也就是他們剛才看見的奇怪流光。

星區的技術已經可以完全複製出各種生物，戰爭前甚至有各式各樣的奇幻存在，所以以爲什麼古世代的人造人反而留下這麼明顯的物質，而不是仿生物的眞實神經，讓他有點訝異。

「眞的有這種神經網。」琥珀注意到波塞特的微妙表情，開口：「母星破滅之前，從地底出現的生物中發現的，該生物發怒後神經網會變成鐵灰色，接著驅動血肉，讓整個身體炸出大量毒氣。」

「那他怎麼沒被毒死。」波塞特一秒將肉塊放回弗爾泰手上。

「你認為我會讓它有機會反應嗎？」弗爾泰冷哼了聲，他幾乎瞬間就把熱源往人造生物腦袋中種下，造成斃亡，扯下這塊肉反而還花比較多時間。雖然生物死亡，但軀體意外地很堅硬，讓他花了一些工夫，不過如果能研究出相應的物質，傭兵團的防護能再變得更多元。

「比起那些，我們似乎有新的訪客了。」沙維斯環著手，與琥珀同時發現藏匿在航道邊上的黑船。

似乎已經等待他們許久，船內的人根本不打算抑制能力感，立刻顯露出微亮的潛水船體。

琥珀皺起眉。

和塔利尼的接觸，遠比他計算的還要早。

太早了。

□

黑色潛水船發來通訊要求。

其實也不用特地要求什麼了，遠比己方船隻大上不少的黑船壓過來，直接靠在潛水船邊上，脅迫性十足。

「要轟開還是可以的。」弗爾泰擦著手指，完全已做好準備。

確實，這人蒸開過整片海水，所以琥珀不懷疑他的話，只是要從深海開始蒸發，估計會使用到極端能力。

當然，用自己的方式癱瘓潛水船也不是不行。

「先看看他們要做什麼。」琥珀瞇起眼睛，接受對方的請求。

很快地，彼端傳來回應，而且毫不意外的正是噬。

「你果然會過來。」影像那端的強盜勾起毫無感情的冷笑，「來彌補失誤嗎？其實這點還眞不像你會犯的錯，我原本以爲你不會中陷阱的，有這麼介意那些人嗎？」

「囉嗦，到底想怎樣？」琥珀面色不改地扔了句過去。

「我們特地在這裡等待，你知道我們想要怎樣。」噬好整以暇地說著：「而且，對於你身邊那幾個人，打開母艦也不是壞事……特別是缺少軀體、被毀去記憶，又或者是哪位重要的人死亡……阿克雷，你明白裡面那些，不是嗎。」

四周幾人看向琥珀。

「別畫大餅了，總的來說就是古代高科技。」琥珀環起手，「你還有什麼招？」

「你們應該記得，我們這邊全部都是頂端能力者吧？」噬抬起手，「雷利。」

「糟──」警覺周圍猛地出現能力者的氣息，沙維斯還來不及做出抵禦，所有人身邊立刻翻出黑影，牢牢實實地包裹住每個人，竟然瞬間便制住幾個人的行動。

「我就只是在等你們來而已，你眞的很被動，一定要讓別人當壞人，你才想要跟著走。」強盜青年勾著冰冷的弧度，「那麼，現在這麼說吧，阿克雷，如果你還想抵抗，我就開始對你身邊的人下手，先看看出誰開始……」

琥珀立即聽見青鳥傳來細小的悶哼聲，被黑影包裹的手臂出現了不自然的扭曲方向，因爲擔心他，所以青鳥硬是忍住劇痛，但臉色已整個發白，透出冷汗。

「雷利，這麼選擇就不對了。」噬像是在遊戲般地偏著頭，說道：「他們這種組合的弱點非常明顯，裡面只有一個人對周圍人來說影響很大……就把他的腦袋扯下來吧。」

青鳥原本以爲強盜要對琥珀不利，正要用最大力量掙脫時，兩邊突然傳來低吼聲。

「住手！」

琥珀回過頭，看見波塞特緊咬著嘴唇，緊貼在他身上的黑影已經將他的頸側硬生生撕扯開一道傷口，正不斷冒出血液，兩側的沙維斯和弗爾泰臉色都非常難看，剛才的喊聲就是出自於他們兩人。

「你大可以衝著在下來。」同樣被綑住的大白兔凝視著畫面上的人。

「先不說殺不殺的了，殺你也不會引起你們最高戰力的反抗。」噬瞇起眼睛，「阿克雷，只給你十秒考慮。」

「……你們眞是不守信用。」琥珀咬著下唇，看見波塞特對他搖頭。他知道噬眞的會下手，這麼一來，別說弗爾泰，恐怕連沙維斯都會瞬間爆發。

「我不記得我有和你約定過什麼。」噬支著下頷，「答案？」

「你知道打開母艦，塔利尼也不一定能倖存吧。」琥珀抬起手，掌心上轉出了湖綠色的程式。

「這些由我們自己決定，你不用擔心，你只要想想接著應該怎麼處置這些家族，好好發揮你原本的作用，完成任務。」噬站起身，冷下聲音：「塔利尼等太久了，這世界也

該還我們一個說法了吧。」

「……從踏到這片土地開始，就已經沒有什麼好說的好嗎。」琥珀回過頭，看著其他人，「你該把我們的人放開了吧。」

似乎吃定了他們無法從深海中快速逃離，黑影很快地解開眾人，融回地面，像是什麼也沒發生過一樣。得到解放後，弗爾泰立即按住波塞特頭上的傷口，幸好並沒有傷及重要血管，緊急治療後馬上就止住出血。而一邊的大白兔也快速替青鳥治療，很快地就將折斷的手臂復元。

「雷利會在那邊監視你們，不要耍花樣，頂端影鬼能力者，不是你們可以對付的。」說完，噬逕自關掉通訊。

潛水船內恢復寂靜。

因爲擔心來不及攔截，前往母艦的選項原本就在考慮之中，所以琥珀當下的決斷並沒有引起其他人的異議，只是船內現在多了一名強盜，致使沒有人想要開口說點什麼。

反而是地上的黑影再度出現，變成黑貓一樣的形體，悠悠哉哉地在船內幾個踱步，穩穩端坐在波塞特面前，似乎對他相當有興趣。

「滾。」弗爾泰對傷害孩子的強盜非常憤怒。

黑貓緩緩晃動尾巴，並沒有搭理一旁盛怒的男人，反而直直盯著波塞特，「你在研究室裡，對於寇奇還有什麼記憶嗎？」

「我不想說那些。」波塞特沒想到對方直接戳他痛處，隱隱有著怒火，以及滿滿的反胃感。

「當時擄走你們兄弟，一方面除了迫使埃卡家交出『神器』，一方面原本是要複製你的力量，像月神那樣製作軍隊。」黑貓好像沒聽見青年的不悅，相當自我地說道：「然而寇奇並沒有讓你成爲複製本體，也沒有製作出軍隊去傷害外界的人。」

「難道我還要感謝他嗎！」波塞特握緊手，盡力抑制住火焰，「你知道有多痛苦嗎！他根本不是人！」

「我知道。」黑貓微偏著小小的頭顱，清晰且緩慢地說：「因爲我也是實驗體。」

「……！」波塞特愣了下。

「我們家族有能力者基因，所以寇奇也視我爲研究物，即使我是『頭腦』，他還是想盡辦法透析我身上的一切。我們被屠殺那時，我猜測也是因爲那些實驗藥物促成能力甦醒，然而我再也無法回到人類的形態，取而代之的是擁有頂端能力。」黑貓以相當不以爲然的語氣說著，「這倒是有個好處，許多人都認為影鬼必定有本體，我可以使用非常多的假本體來引誘敵人，就連朱火強盜團的首領都不知道我沒有本體。他到死前應該還以為我的本體就在他的祕密牢房裡，所以對我們非常信任。」

「你說這些有什麼企圖？」波塞特其實有點疑惑，他不明白這個影鬼的想法。

「我也算是被寇奇毀了一生，但他對我已經沒有任何意義。」黑貓站起身，「寇奇已經死了，死在你們逃走的那一年。」

「你是覺得這樣我就不會恨你的父親嗎？那不可能，就算死了我也會恨他！如果這世界上真的有靈魂，我希望包括寇奇在內的所有相關人都要痛苦地去死，然後被地獄之火燒灼！直到他們償還全部代價！」波塞特發自心底、用盡力氣地怒吼，「即使如此，我還是不會原諒他們！」他是永遠都不可能停止憎恨那些人，也不可能諒解過去那些痛苦，連同那些死去實驗品的痛楚，會永遠留在他的心裡，沒有消散的那天。

黑貓張了張口，最後沒說什麼，調頭離開，走往琥珀的方向。

「波塞特，夠了。」弗爾泰按著青年劇烈顫抖的肩膀，「你已經回來了，你在我們的身邊。」這些年來，他和賽蓮不斷尋找孩子們，當然也想像過他們的遭遇，但一直希望的是他們遇到的是好人家，代替親生父母撫養、給他們溫暖，所以從海特爾那邊斷斷續續知道研究室的遭遇後，賽蓮雖然很開心與孩子們重逢，但午夜時分依舊不斷流著眼淚。

非實驗體的海特爾遭遇已相當痛苦，他們實在不敢想像身爲實驗體的波塞特是怎樣的待遇，何況早先青年根本看不出來曾遇到那樣的事情，恐怕爲了能正常生活，背後付出的辛苦完全不是他們這對失職父母能夠體會的。

現在看見波塞特無法壓抑的怒吼，弗爾泰更加確認這點。看著影鬼的背影，他在發痛的心中默默立下絕對要揪出實驗室所有黑手的狠誓，不論是強盜，或者是聯盟軍，就算是聯盟軍總長，只要有那份貪心資助了實驗室，他都要替兩個孩子將這些人屠盡。

沙維斯站在一旁看著，並沒有出聲，而是慢慢退開。

□

「我不相信強盜團的人會那麼好心，特別是個『頭腦』。」琥珀斜了眼身旁的黑貓，冷哼了聲，「打什麼主意。」

「到時候你就知道了。」影鬼語氣平板地回答。「倒是你的設定路線和我們推測的也沒偏離太遠。」

「……你們手上的情報已經可以鎖定正軌，我不意外。」琥珀看向正在跑動的數據。這時候黑船已經重新回到黑暗當中，不過能探測得出來就表示距離他們不遠，幾乎就貼在後頭跟著移動，不快也不慢，像是押送般地悠悠跟隨。「不過，我沒想到塔利尼手上還保有那麼多古代遺物。」

「沒什麼好奇怪的，當時塔利尼遭到襲擊，一發現是毀滅性屠殺，許多人就用最快速度將家族手上既有的資源深埋海下；取回那批資源後，再用當時的方式探索連繫周圍，就能找到其餘被遺忘在歷史裡的東西。」黑貓歪過腦袋，「畢竟塔利尼也是個古家族，使用家族系統能調動的資源，不用我提醒您吧。」

琥珀嘖了聲，對方說的其實不是什麼讓人驚訝的事，許多家族都採取了相同對策，否則他們如何保留對自己有利的手段。就算是第四星區，那個聲稱以宗教統治的區域，島下恐怕也深藏了許多不爲人知的武器。

但是現在說這些也沒什麼意義了，潛水船的目的地已經是這個星球上，最後的隱藏武器。

所以，最終即使他並沒有遵照原定的計畫，還是逃脫不了當時被賦予的……命運，是嗎？

即使他已經推開很多事情、想要避離，最終還是會被牽扯回到漩渦的中心。

琥珀深深看著黑暗的海水，第一次感覺到深藏在時間之外，那隻沒有任何人能看見的推手。

當時他被送至丹泉的手上後，荒地之風的人希望他能夠與外界接觸，不是全然以冷冰冰的視線評估這個星球，雖然不以爲然，但後來他身邊慢慢有了人來來去去，只是不論如何，結局終究不會改變。

把世界發展成如今這種模樣的人們，如果呈現出來的，是個毫無算計爭鬥的和樂社會該有多好，而不是那些被修改的歷史，還有大小不一的各種戰爭與數不盡的強弱勢力。

既然如此，當初從母星到這裡來，有什麼意義？

不論在哪裡、不管在哪個空間，寫下的歷史軌跡居然這般相似。

第一家族所耗費的心血，看來依舊如此地沒有意義。

「你在想什麼？」

琥珀回過頭，看見沙維斯走過來，青年無視坐在腳邊的影鬼，問道：「這和最壞的打算一樣，沒什麼好懊惱的。」

「我也不是在想這件事。」琥珀淡淡說道：「反正最糟糕就是全滅，還有整個星球的人陪葬，算熱鬧了。」

沙維斯有點無言，他不太確定少年是在說笑還是認真的。

接著一路上沒有再碰到什麼阻礙。

可能是因爲琥珀有發出訊息，他們沒有碰見荒地之風，然而也沒有碰上塔利尼其他黑船，像是雙方有著同樣默契般退出軌道之外。又或者，其實在這條軌道之外，所有人都在爭鬥牽制，以至於這裡全然沒有人能夠踏入。

就連應該出現的人造人也沒再現身。

黑暗中，兩艘潛水船就這樣無聲地快速前進，朝向被開啓的座標，進入最後終點——出現在畫面上的，是一個幾乎看不出來有任何東西的大平台。

在刻意打開的燈光照映下，隱約只能看見平台外的四周有幾根殘留的人造巨柱與幾面殘破的牆壁，與平台一樣覆滿海沙和各式各樣的海中生物，早已看不出原貌。

如果不是因爲有座標，這裡在其他人眼中看起來，也不過就是一座古代遺跡，像是某個被丟棄的居住地罷了。

「阿克雷，你可別糊弄我們說這是母艦，我們知道母艦一直都在移動中。」看著外面的殘跡，影鬼冷冷發出聲音。

「那你們應該也知道想接觸母艦應該要轉換到正式航道上吧。」琥珀轉過身，走到潛水船中心的操作區，原本只是一小部分的湖綠色光瞬間擴展到整個操作區域，拉出許多其他人看不懂的古老程式，一旁的領航員也從綠色光圈中浮現出來。

「編號VT8－99EX061，領航員代號Eilis，即將爲您開啓授權，連結VT-0本艦航道接駁船，請確認擁有被核可的認證，提醒您，航道上將有多次驗證身分之設置。」領航員一如往常般的語氣，「接駁船開啓計時……三、二、一。」

領航員的倒數一讀完，深海下的平台突然開始震動。

即使待在潛水船上，大家還是看得出來平台搖得很厲害，上面的海沙被震得四散漂流，所有寄宿在上頭的活物哄然竄逃，像是爆炸般翻騰了起來。

等騷動逐漸平息，一行人才發現原來那並不是他們所想的某種建築的平台，啓動並浮出來之後，赫然是一艘比黑船還要巨大的深海船隻，那處平台與斷裂的牆面、巨柱，僅僅只是船上沒有封閉的露天區域，還只佔了很小的一部分。巨船不斷變換顏色，幾乎與深海融爲一體，這讓青鳥等人想起了小島上的那些人造人，也是類似這樣地變化外殼，藏起蹤跡。

「連結開始。」

潛水船慢慢靠近深海船，巨船旁側同時開啓一個小口，直接將小船收納入內，連結上裡頭的艙座。顯然噬那邊的黑船也是如此，很快被收進巨船。等到船體完全與巨船接合之後，船門處迅速連上通道，巨船內部的燈瞬間全被點亮，展露出船體內偌大的停泊空間。

「接駁船啓動主系統，辨識授權。」琥珀環著手，等待接駁船的確認。

領航員身影慢慢淡去，取而代之的是另外一名女性的身影。那是一名黑色長髮、穿著古老長袍服裝的女性，小巧的白皙臉蛋上有著非常精緻的完美五官，細長的眼中是美麗的湖水綠瞳色。

「編號VT0－00AR008，領航員代號Osmanthus，很榮幸在此爲您服務。」女性緩緩看向了琥珀，臉上毫無表情，「本船爲原始星艦：凱達斯特號接駁船。提醒您，星艦主體區域已關閉，目前正在修復中，屬一級危險區域，請確認您的目的地。」

「目的地，凱達斯特號。」琥珀直接說：「以不引起毒物爆炸爲前提，全速前進。」

「好的，爲您計算所需航程時間。航行期間，本船全區域開放，請諸位自由運用船內設備，但請勿觸犯三大規範，祈願您有一個開心的旅程。」領航員環顧人群，像是要記錄面孔般一一停留數秒，「預計將航行十六小時又五分三十一秒。」

「嗯？這麼近？」琥珀挑起眉。

「是的，原始星艦正好運行到距離此處相當接近的點。」

「看來命運也是站在我們這邊的。」

影鬼如此下了結論，但無人同意他的看法。

接下來的雜務就全數交給領航員去安排。

一行人離開潛水船時，黑船上的人也同時下船，看來剛才領航員是同步兩方進行。讓琥珀等人訝異的是，黑船上下來的人並不多，幾乎都是老面孔，除了噬以外，就是美莉雅和克諾，另外是一名其他人都沒見過的女性，臉上戴著一張面具，默默藏身在克諾背後，非常不起眼。

琥珀的第一個想法是，這應該就是他們的「虛仿」，因爲虛仿在無任務時多數不喜歡引起注意，會這麼大剌剌出現在這裡，估計是噬刻意帶出來。

「你那些手下呢？」看著噬好像觀光一樣悠晃到他們面前，琥珀抬手擋住後面的波塞特，以免他一個衝動就動手。

「阿克雷，我可是很有誠意的，我的人就是你所見這些，剩下的全都在陪蘭恩家玩遊戲了。你們在星區設下不少攔截，把我們的暗樁翻個底朝天，這浪費我不少人力。」噬

瞥了眼少年後面的幾人，「不過，帶著雷利他們也就夠了。」

這點倒是無庸置疑，幾個人都知道影鬼就潛伏在他們的陰影內，隨時可以出手。

「你們離我們遠點。」琥珀毫不掩飾自己的嫌惡。「別和我們在同一層活動。」

雖然是接駁船，但這艘深海船至少有十層，過往負責載運龐大的物資與人員，穿梭在星區之中。

噬聳聳肩，玩味的眼神在沙維斯與波塞特身上來回看了幾眼。

「誰要和你們在一起。」美莉雅沒好氣地說道：「你們這些自找死路的兔輩，超礙眼。快點把該做的事情做一做，然後滾蛋。」

青鳥看著表情不太自然的女孩，雖然已經恢復一身強盜的打扮，不過好像刻意迴避他們的臉，直接把視線轉到一邊，哼哼了好幾聲。

「這些事結束後，我會向你們討回應有的代價。」弗爾泰冷冷盯著幾名強盜，他知道這些人與孩子們的事情有很深的關聯，所以不論海下母艦最終會如何，他是必定要索討復仇。

「隨時歡迎。」噬打量著烏爾的首領，也很有興趣打一場……他非常想把這名強者殺了，肯定能在打鬥中得到許多樂趣。

「噬，把心思放在正事上。」黑色的貓從地面走出來，很無奈自己效忠的主子又開始壞習慣。

如果眼下可以四個人打一場，說不定噬還真的會把母艦的事情給扔了，揪團打架。影鬼從以前到現在，不知道因此收了多少爛攤子、被破壞掉多少任務，他只求在到達母艦之前不要再多生枝節。

「……？」一直站在一邊的沙維斯略微抬起頭，看向黑船，「你們還有人。」雖然隱隱感覺到些許力量，但是很衰弱，像是船內的能力者相當虛弱。

「那是柏特。」琥珀看著領航員的回報，船內醫療艙中確實還躺著人，領航員正在詢問是否啓用接駁船中的救援。

「我們還來不及將他交還給第六星區呢。他的家族現在也正處於內部爭奪中，派不出個高級醫生來接手。你把火焰種到那個人身上，分分秒秒不斷燃燒他重生的細胞組織，他一直到現在還生不如死啊，就算恢復意識，也都處在燒灼的劇痛中。」噬直直盯著波塞特，語氣有些挑釁，「要不你乾脆現在把他殺了，還可以給個痛快。」

關於焚燒柏特的事，其實波塞特記得不是很清楚，當時在盛怒狀態，他的印象所剩無幾。

「柏特學長……」青鳥看看黑船，其實有些不忍。再怎麼說，都是同校認識的人，當時柏特在校內多麼意氣風發，自己也崇拜過這位很威的學長。雖然事後因爲立場不同而敵對，但還是讓人不由得擔心在意。

波塞特下意識看向弗爾泰。

極端能力種下的火焰，他還眞不確定能不能用平常的方式取出。雖然當時眞的想殺了傷害他哥的人，但波塞特本身並不想這樣折磨他人，通體焚燒幾乎可以說是一個意外，而柏特只是倒楣地在錯誤的時間接觸他。

扣除掉敵人那部分，波塞特多少有點對不起那名青年的感覺。

「我去取出來。」弗爾泰拍拍兒子的肩膀，逕自往黑船走去。

看著弗爾泰的背影，波塞特鬆了口氣。即使如此，他並不會向柏特道歉，他們在當時是敵人，只要是戰鬥，就應該要有付出生命的心理準備與覺悟。

過了一會兒，弗爾泰才從黑船走出，他的手上有著一小簇金紅色火焰，很快就消失在他的掌心上，捲繞出一股連有些距離的其他人都能感受到的滾燙熱氣。

「事情都做完了，你們也可以滾了，影鬼不准跟過來，當心我隨時反悔。」琥珀懶得再和強盜團多說什麼，一扭頭，直接順著領航員的指引，踏入東邊的走廊。

噬一行人倒也不急著做什麼，於是走往相對的西邊走廊。

而就在兩方人馬完全離去後，沒有任何人回頭留意到，泊船口慢慢浮現出黑影……

第九話▼▼▼古老的遺存

青鳥跟著友人走在長廊上。

接駁船內說真的非常大，沿著長廊一路走來已經經過好幾個大大小小的空間，全被收整得很乾淨。燈光點亮後，可以看見裡頭的各種擺設，包括健身房和遊戲室，他們甚至還經過一處正試圖重新運作的溫室，顯然在深海船被關閉之前，他們也將溫室用某種方式封存，完整維持生機，再次啓動後，居然還聞得到土壤的氣味。

之前在潛水船裡，青鳥就知道古世代有完善的淡水系統，領航員也可以使用船上各種設備捕捉漁獲，進而處理烹調，還能自行加工調味料。

眼下所在之處，與其說是深海船，更像一個小型的生活區，妥善保持船內各種循環，便可以養活許多人。

母艦光是一艘接駁船就如此，可見當年能將那麼多人類載運到這個星球，艦內的資源有多麼豐富。

「讓他們也待在這裡面沒問題嗎？」波塞特皺眉問道，「要排除影鬼也不是不能，我們三個都有極端能力可以驅逐。」

「你們別浪費力量。」琥珀淡淡回答：「既然要進母艦，那就別把精神耗在這上面，好好休養，剩下的時間不多了。」

「那上面到底會有什麼？」弗爾泰手上情報其實不多，會來這一趟，也是因爲波塞特的關係，所以必要時他還是會以自己的兒子爲主要優先考慮。

「其實我不太清楚。」琥珀按著額際，微微陷入思考，「當時並沒有特別留下什麼有用的資料，但第一家族未曾從那裡撤出來是確定的，後來我被送至星區，也不清楚內部的事。只能告訴你們，很多事情與你們想像的並不一樣。雖然第一家族當時是懷著善意將人類送到這個星球，不過在遭遇家族的背叛之後，恐怕……」

「看過這艘船的內部後，或許當時仍有不少人活下來。」沙維斯思考著剛才所見的溫室，雖然與現今能在空氣中栽培的科技不同，但依然能保持食物不絕；星艦又是爲了航行宇宙所造，恐怕上頭還有完整能製藥或其他各種所需的技術，由此推斷，當初第一家族未必死絕，還潛伏在星艦當中的可能性很大，只是不知道還剩下多少。

幾個人同時沉默。

如果這幾百年之間，第一家族眞的有許多人存活了……

「在下不明白一事。」大白兔想想，抬起頭，「當年將你送上星區的又是誰？」

環顧著紛紛看向自己的目光，琥珀略微一頓，「我是被『設定』在那時候送出的。」

「可否大概說明？」其實大白兔沒有抱持多大希望，畢竟少年當時是個嬰兒，不清楚很正常。

「我被存放在培養室中，由人造人進行操作，當時蘭恩家的人誤打誤撞聯繫上後，便經由人造人送出。」琥珀倒是很快回答了大白兔的疑問，「設計那一套系統的阿克雷，對人造人的指令是，只要有第一家族或者第二家族，在非常時期進行聯繫，就會送出觀察世界的人，藉此判斷是否須要啓動肅整世界的武器。阿克雷始終很擔心這世界的發展，即使死去那時也如此。」

「……阿克雷沒有活很久嗎？」青鳥反射性開口。起源神那套歷史他們都知道，但對於生前的描述，他這第四星區的宗教家族還眞不知道，描述初代人類們的資料少得可憐，幾乎都被封存起來，無法調閱。

而信仰者其實也只對於「神」有所寄託，好像那些神原本就應該是神似的，沒有任何懷疑。

青鳥小時候曾想過如果哪天在某個遺跡裡面找到神生前的大便之類的東西，是不是要帶回第四星區的祭壇供奉，總覺得會有很多信徒樂意爲大便捐錢。

琥珀沉吟了片刻，才開口：「與外人所知的不同，阿克雷甚至沒有活超過百歲。」一說完，身邊幾個人都露出訝異的表情，除了大白兔表情無法變化以外。「他在把所有系統固定下來之後沒多久就死了。但因爲當時阿克雷肩負的任務非常重大，且還製作了系統兵器，如果死亡消息外露，很可能會馬上引發家族間的全面戰爭；所以在他死去那一刻，蘭恩家立即派出替身接替他的工作，其餘的設計與程式都是蘭恩家菁英祕密共商，並根據阿克雷遺留下來的大量數據進行製作與補強，外界才誤以爲阿克雷活了很久，事實上，他在到達星區後三十年左右就已經不在了，其後近百年之間的記載，全部都不是他本人。」

「暗殺……？」沙維斯直覺想到這個可能性。

「我只能說，當時替身繼續活動，顯然對於某些人來說相當震驚。雖然無法親眼看見他們的表情。」琥珀勾起冷冷的一笑，「當時就有人造人的技術，也不用擔心辨認基因的問題，第一家族和蘭恩家一直很巧妙地隱瞞替身的身分，就算拿著替身的頭髮或指甲、血肉，也只能驗出阿克雷的基因。」

「這也太可惡了。」青鳥氣得牙癢癢的，「怎麼可以做這種事！明明好不容易可以在這個世界活下去啊，人應該要攜手相助吧！」

「由此推斷，其實在母艦上，各家族就已經產生嚴重分歧，所以才會確認生存穩定下來後，對等同掌握生殺大權的阿克雷出手。」這並不奇怪，當一個人的權力凌駕於大多數人時，被支配的其餘家族首領自然會開始不甘服從，生起了要將那些搶到手，讓自己與家族取而代之的意念。沙維斯看少年像是默認，想了想，說道：「這麼說起來，替身並不只一位？」如果暗殺這個猜測是成立的，那爲了預防後續的殺招，恐怕替身必須要好幾人，才能隨時替補。

「……第一家族資料上記載，阿克雷的替身全部有五位，其中一人的名字……叫作『利十星』。」琥珀邊說著，邊往大白兔那邊看去，後者腳步猛然一頓，紅色的寶石眼睛看向他，「利家的十星，十星家族最早應該是姓利。利十星是利家的首領，同時在星艦上也是一名導航員，發現星球時他也見證了那一刻，後來與其他人一樣，自願承擔替身的責任。利家被屠滅後，爲了躲避追殺，殘存的後人就用十星作爲姓氏，而外人只誤以爲他們是崇拜利十星這位導航員的家族，往後就再也沒記載利家相關的一切。」因爲那個家族太小，並沒有特別的勢力，平常只依附在第一家族邊上，一被毀滅，就連下殺手的人都懶得去管這個小家族後續的存亡，更別說記入歷史中。

大白兔呆愣了幾秒，消化完對方所言，才有些感慨地低下頭，「原來如此……在下以往未曾明瞭家族之事，原來我等一直揹負著祖先榮耀的名字。」

即使歷史刻意忘記，但擁有血脈傳承的家族卻不曾拋棄自己的歷史，將流下鮮血的首領刻印在他們的身上、甚至靈魂上，世世代代都帶著十星不爲人知的榮譽活下去。

「利家一直沒有得到公平待遇，我們很抱歉。」琥珀語氣稍稍軟化，帶著歉意。

「不，在下認爲這必定是先祖最大的成就，請別說什麼抱歉。」大白兔立即搖頭，「先祖必定與在下所想相同——能爲自己承認的事物奉獻，即使是生命，也樂於雙手捧出。」

琥珀轉過身，淡淡嘆了口氣。

他的動作沒有引起其他人的注意，因爲在此瞬間，沙維斯和弗爾泰猛地抬頭向上看，這舉動同時帶動其他人，所有目光全部轉移往上。

光亮的長廊挑高天花板，不知何時，突然出現一道黑色身影，上下顚倒地伏趴其上。橘紅色如爬蟲類的細長瞳孔，正瞬也不瞬地盯著下方。

沙維斯首先反應過來，霍然抽出長刀，擋下了朝他們撲來的異物。

等撞到刀上靜止一瞬後，黑影才顯露出形態，就是他們在小島上看見的那種人造人，但外形有異，雖然也會隨背景變換顏色，但軀體小了很多，幾乎和正常人類一樣，不像先前那麼大，而且速度更快、力氣更大。

還未甩開突然攻擊的人造人，頂上又傳來好幾個聲響，接著再度掉下數條黑影，全都是一樣的人造人，不過在體型上略有差異。

「怎麼會這麼多？」波塞特一手按在往自己撲過來的人造人額頭上，直接朝對方頭部灌入火焰，接著突然發現一件怪異的事，「……沒有毒氣？」

他們使用熱能時，或多或少會弄出一點細微毒氣，平常都讓防具加以排除，但現在竟然一點毒氣都沒有。

還沒想出個所以然，波塞特順勢轉身，將第二隻撲過來的人造人揍到地上，打算試拉出火焰燒掉這些奇怪的存在時，一邊已經砍開異體的沙維斯突然發出奇怪的聲音，接著刀鋒一轉，只把攻擊者狠狠甩出去，撞在遠處的牆面上。

「這些不是人造人！」沙維斯發現異狀後立即低喊，眨眼間拉出雷光、設下防護網，讓越來越多詭異形體被攔截在外面。雖然如此，但還是有不少異物似乎不害怕電擊，即使皮肉燒灼到已經發出焦臭氣味，仍不斷衝撞雷網。

「不是？」波塞特看著倒在自己腳邊的異物，整個頭頂已被熱源燙熟，弗爾泰那邊也一樣，腳下倒的兩、三個，幾乎都化為黑炭。

聽到沙維斯的喊聲，還沒下殺手的大白兔放棄戰鬥，回到防護圈中疑惑地望向沙維斯。

「這些是人。」沙維斯看向似乎一點也不意外的琥珀，「你知道？」他剛才抵擋敵人時，要砍下去那瞬間，探索眞實的能力突然搜到人類思緒的跡象，並不是人造人那種感覺，而是眞正人類的思緒反應。

「大概有猜到。」琥珀蹲下身，抓住波塞特腳邊屍體，翻過來，在對方背脊上貼上手掌，一絲綠光跑竄過後，那身能夠變化色彩的外殼突然整個打開，就像蛹破開般，掀開內外兩層，迎面撲來的是一股異常惡臭，就連沙維斯都忍不住攢緊眉，其餘人更是迅速退後兩步。

那是種很難形容的腐敗臭氣，還混合了非常難聞的腥味，幸好才剛散發出來，不到幾秒，空氣便啓動了稀釋反應系統，快速排除令人不適的異味。

惡臭過後，幾個人才看清楚皮鞘內的物體。

確實是具人體，但已經發黑，表皮發硬，部分還裂開來，能清晰看見裡頭的爛肉……這並不是火焰熱源造成的，而是人體本就極爲緩慢地持續腐爛著。

「這是怎麼回事？」大白兔因爲喪失嗅覺，反而聞不到惡臭，往少年身邊彎下身，把裡面的死人拉出來。

一拉出來便更加明顯，這個人全身都已經變成硬皮，身上有好幾處裂開、由內爛向外面的傷口，臉部表情扭曲猙獰，五官甚至歪斜得很嚴重，要辨認出原本的樣子，可能得花點工夫。

「我想恐怕是一些搭上接駁船的人，在船內被人造人捕捉。這些人造人有幾種用處，如同你們之前在島上知道的，能夠護衛星艦、破壞力強大，另外，它們的內部空間也能夠保護指定人類。但是，如果是懷著惡意的人來襲，這些人造人會進行捕捉，將敵人困進內部。」琥珀用手指稍微撩開外皮，裡頭充滿了黑色黏液，正不斷汨汨流出，「但是不會像這樣幾乎與人體融合在一起，肯定發生了什麼事情。這些人的腦部估計與人造人的交混錯亂，已經失去控制，才會在領航員沒有下達指令的情況之下，突然攻擊我們。」

琥珀在心中稍微思考了下，剛上船時，領航員沒有提醒他們，讓他覺得有些奇怪。照理來說，船內有不安定因素，都必須向擁有授權身分的登船者報告。

「這……」青鳥吞了吞口水，看著死者恐怖的樣子，「這是困多久？沒得吃都不會死嗎？」

「人造人會提供基本養分保持內部生物存活，不過只是短期的，這些人攝取不到必需營養又死不了，才從內部開始潰爛；且因爲人造人本身有低溫保護設計，讓他們腐爛得很緩慢，我想這些人在這裡至少都已經有一、兩百年以上的時間。」琥珀彈開人造人外皮，站起身，「雖說是人類，但這些人早就已經沒有自我意識，你們就好心點幫他們解脫吧。」

沙維斯和大白兔對看了幾眼，雖然說是解脫，但圍繞在電網外的異人約有二、三十個左右，這也表示他們必須一口氣殺死很多人類。

「波塞特，你們別動手。」弗爾泰站到波塞特和青鳥前方，「傭兵團早就不在乎這些事情，我來吧。」說著，他抬起手，金紅色熱焰從四面八方噴濺而出，瞬間吞噬電網外的威脅，那些異人根本來不及做出任何反抗，就被燒成灰燼。

長廊很快再度恢復寂靜。

青鳥看著空蕩蕩的走廊，那些黑灰立刻被接駁船排除掉，什麼也不剩，內心突然有點複雜。不過他立刻打起精神，換個話題，「在這船裡面用雷火沒關係嗎？」

「……你忘記空氣是有配方的嗎。」琥珀淡淡地說：「原本就是調整成人類可以存活的最佳空氣，只是大戰時平衡被破壞掉。但這艘船是直屬星艦，這就表示船上的空氣配方至今還在運作，且現在是完全與外界隔離的狀態，就不會有失衡的狀況發生。」雖然在潛水船外還是要小心別在海中引爆毒氣就是。

「原來如此，也就是說我們在這裡面的期間，不用擔心引發莉絲毒霧。」波塞特恍然大悟，「那母艦上也一樣，對吧？」

「嗯，母艦上肯定有調整空氣，到時可以放開手腳。」琥珀點點頭，接著繼續往前走，也不管其他人還對地上殘存的屍體有什麼好奇了。

青鳥看了幾眼，很快跟上自家弟弟。

「怎麼，還不走嗎？」

波塞特看著仍盯著屍體的沙維斯，青年的表情有點嚴肅。

「你們先離開沒關係。」沙維斯看著扭曲的屍體，刀起刀落切開了屍體腹部。

新傳出的惡臭再度被稀釋。

波塞特看見屍體內臟時也有點驚愕。

腸胃裡當然不會有任何食物，但在他們眼前曝露出來的器官，竟然大多都變得像碳化般的詭異模樣，沒有碳化的部位則幾乎都已糜爛了。

「這根本不可能活著。」弗爾泰沉下臉色。

沙維斯轉過刀鋒，這次削開腦袋，除了被高熱完全煮熟外，腦部倒是不像身體完全敗壞，反而還維持得相當好。「看來能夠活動自如，倚靠的是人造人外殼的力量。」

這些人造人抓捕人類之後，牽引他們活動。

一想到活人如此持續了上百年，即使是沙維斯，也打從心底浮起不適感。

「看來接下來得很小心，不知道接駁船裡還有什麼……眞讓人不爽。」波塞特開始慶幸還好海特爾去了荒地，不用看見這些事物，否則先不提那傢伙差點被綁架帶過來，單憑他多事又愛亂擔心的個性，肯定也會硬要跟來。「應該不會有鬼吧。」

大白兔無言了幾秒，默默走掉了。

「什麼反應啊！搞不好眞有啊！」波塞特看著根本就是超現實存在的兔子，嘖了一句過去。

沙維斯也有點無言，只好拍拍青年的頭，跟著兔子一起走掉了。

「拍什麼拍！給我站住！」波塞特大怒，追上去揪著對方大罵。

留在原地的弗爾泰看著幾個人這樣吵吵鬧鬧地離開，微微鬆了口氣。

不過，他並沒有鬆懈下來，雖然眼下感覺不到任何東西，但隱隱約約，他還是覺得有什麼在窺探他們——

從所有人都沒有發現的角落。

□

在接駁船上的時間過得很快。

航程原本就只需十六個小時，這段時間裡，他們找了一處不錯的起居廳，裡面幾乎什麼都有，旁側還有開放式的小房間，可以輪流休息，不用擔心個別離開又碰到什麼危險的事物。

讓青鳥意外的是，琥珀這次沒有躺下就睡，反而是從廳裡的書櫃上抽下老舊的書籍，窩在柔軟的椅子上逕自看了起來，依舊不太理人，也不打算更進一步解釋人造人的相關問題。

幾個人拿少年沒轍，於是便各自進行活動。

領航員沒有阻止之下，沙維斯使用自己的儀器連結上深海船，交換可用的情報，不過因為沒有授權，可取得的並不多，大部分是日常普通資料，有些包含了些醫療記錄。即使如此，他還是覺得很有用，畢竟初代人類的記錄原本就很難得，即使只有少許，也已經很珍貴了。

持著同樣想法的弗爾泰，在另一邊以自己的方式分析深海船，也擷取了一些船內載存的情資。

這段時間裡，他試圖聯繫海面的烏爾傭兵團，但不知是所在位置太深，或者接駁船隔絕了通訊，弗爾泰發現完全無法與外界聯繫，更別說把這些資料傳出去，又或者調來自己的人手包圍深海船，進行保護。

沉默地看著斷聯的通訊幾秒，弗爾泰稍微擔心起妻子那邊的狀況，不知道他們是否順利。

原先，如果波塞特沒有來這一趟，他與妻子是打算一家四口陪伴著海特爾，然後接來那名叫作佩特的女人，讓海特爾能在最安心的狀況下深眠。但波塞特堅持要來，身爲父母的兩人所能做的決定，也就是儘可能陪伴在身側，確保這一次他們眞的不再有意外。

靜靜看向坐在一邊的波塞特，弗爾泰若有所思，重新將注意力放回資料上頭。

領航員則是每隔一段時間就會出現，匯報強盜們的活動。噬等人倒也沒有隨便亂轉，看樣子那些人走過長廊後，就像他們一樣，就近找了個空間安頓下來，並沒有在深海船內亂繞。不過與他們相同的是，幾個人在長廊中也遇到了攻擊，對方當然不會像他們一般考慮太多，瞬間就將那些異人全部抹除。

除此之外，便沒有其他動靜。

十六個小時後，琥珀放下書本，各自做事的幾個人也幾乎同時停手，全部轉向椅子上的少年。

「……到了。」

琥珀輕描淡寫地說道，語氣平常得好像他們是去某個觀光景點野餐。

然而，這種像是刻意想讓大家輕鬆的態度沒有起到作用，每個人依然渾身緊繃，在腦袋中描繪出一種巨大又驚人的存在。

青鳥也不例外，他腦袋裡馬上出現了一座符合第一家族印象的巨大超級科技都市，而且還有七種超級變型，鋼鐵般的城市一腳踏上七大星區時，世界就會整個傾倒一邊。

「學長，絕對不是你想的那樣子。」琥珀直接朝矮子腦袋搧下去，對這個久違的手感有點感慨。「基本上，我們會走連結通道過去，你暫時還看不到外觀，不過裡面真的非常大……我想，你們就用一個要去地底都市的心情進去吧。」

琥珀深深吸了口氣，慢慢走出大廳，後方跟上的幾個人一句話也沒有說，氣氛凝重，就算走了一段路、那些強盜也跟上來之後，還是沒人開口說話。

強盜團等人懷著一種非常期盼的心情，既興奮又緊張，畢竟他們距離自己的目的地只有幾步之遙，長久以來的計畫比預期還快達成，先前那些偽裝與逼迫自己隱藏實力、任人支使的委屈，眼下都不算什麼，讓人難以按捺得住飛揚的心情。

在領航員的領路下，一行人終於走過光亮寬大的連結通道，平坦且順利得令人不可思議。

最後，通道盡頭是一扇銀白色巨大門扉，像小山般，幾乎可讓好幾部飛行器同時穿梭而過。

門上有著某種花朵的刻印。

那種花，先前青鳥等人在小島上的人造人裡看過，就是琥珀收走的那些花朵。

「阿克雷，你會開門吧。」噬舔著嘴唇，看著讓所有人瞬間變得像沙子般渺小的大門，「別磨磨蹭蹭了。」

琥珀吸了口氣，轉過頭，鎮靜地看著塔利尼的族人，「我最後再說一次，這扇門打開之後，裡面有什麼誰也不知道，而且還可能造成七大星區覆滅……」

「開，別囉嗦。」噬打斷對方的話，「否則我會去抓海特爾，他身上藏著的東西應該也可以打開這扇門。」

「你敢！」波塞特勃然大怒，身邊直接炸出火焰。

「別和他浪費時間。」弗爾泰攔住幾乎要衝出去的青年。

「阿克雷，謹記你的義務，你也該是時候回來處理了。」噬挑釁地望著波塞特，非常歡迎在這邊開打。

琥珀冷哼了聲，直接邁開步伐向前走。

空氣很冰冷，重新配方過、適合人類的氣體中，有著一抹淡淡的香氣。

他熟悉這股氣味，也知道這個氣味的來源。

因爲己身的限制，所以至今仍未完全告訴其他人眞話，琥珀望著花朵刻印的線條，一直保持平靜的心，湧上某種哀傷。

他其實也不想當騙子，既然賦予他的任務是讓他去衡量人類是否該繼續存在，他就乾脆不接近任何人類，不帶感情的話，很多事情做起來輕鬆許多，埋藏所有一切，讓自己的心早早死去，這樣就不用再重複一次曾經的失望。

原本一切都很順利，只要成年，所有限制都解除後，他就可以返回、並完成自己的任務，之後便能安安靜靜地閉上眼睛，從這個世界消失。

然而，他的身邊卻開始慢慢有了其他聲音，一點一點地越來越吵，牽扯上的人也越來越多，差點被殺死時，並不是閉上眼睛終止自己，而是出現了其他不應該有的想法……眞心覺得很累。

但是，卻不怎麼討厭。

至少不是像嘴上說的那麼討厭。

他知道自己的任務是要回歸到此處，但他卻開始阻止其他人造成他的回歸，雖說是想要避免他們釀成巨災，但實際上，果然還是自己不想要回來了。

琥珀閉上眼睛，接著睜開眼，將手貼到門上時，銀白色的冰冷材質瞬間啓動，幾許光絲急速擴展開來，同樣銀白的花朵漸漸抹上色彩——如同烈焰燃燒的艷紅。

聽見身後傳來一些聲響，不用看也知道，那群混帳傢伙們正在大驚小怪。

琥珀按著門，輕輕地開口——

「第一家族，阿克雷，回歸。」

第十話▼▼▼深海母艦

琥珀的聲音雖然沒有很大，但足以讓青鳥聽見了。

他的聽力一向比其他人還要好，在學校都是用這樣的方式和琥珀一起作弊的，所以當琥珀對著系統報出身分那瞬間，青鳥即使想當作自己誤聽，也沒有辦法。

他弟弟說過他不是阿克雷。

阿克雷死很久了，不可能現在又出現在這裡，何況十六年前，琥珀只是個嬰兒，無論如何都不可能和阿克雷扯上關係才對！

青鳥腦袋一空，直覺想衝上去拽人問個清楚，完全忘記自己本來的決心，只想聽琥珀再親口說一次剛剛的話。

還沒來得及衝過去，已經變成紅花的門板發出細微的能源運轉聲響，突然打開一條縫，像是裂口般露出裡頭深不見底的黑暗。黑暗中，隱約傳來動物的嚎叫聲，但更像是氣流造成的風吼。

「後面！」

沙維斯猛地抽出長刀。

接駁船通道擁出大量異人的瞬間，地面突然翻起一大片黑影，將衝在前方的十幾名異人捲繞起來，不斷壓縮的黑影內，發出像是骨骼錯位般的奇怪聲響，黑影再度散開時，留下的是許多被揉成一團的屍體。

不過這並沒有影響下一批異人的衝出，所有人清清楚楚看見深海船的領航員就站在通道口，面無表情地看著這一幕，甚至還有異人穿過她的投影，直撲過來。

嗤笑了聲，甩飛腰刀，被砍射的異人眨眼只剩下粉末。

不過深海船內的異人竟然遠遠超乎所有人想像，弗爾泰拉出火線燒燬第二批後，又擁來一群黑壓壓的人影，數量遠比前兩次還多。

「領航員，這是怎麼回事！」琥珀快了幾步衝出來，被沙維斯拉住。

「步上航道者，殺。喚醒本船者，殺。試圖接觸星艦者，殺。觸碰第一家族者，殺。」領航員口氣平板地說：「本船擁有最高指令，製作護衛，劫殺所有靠近的人類。」

「製作的？」突然明白那些異人是怎麼回事，琥珀按下胸口浮上來的不悅感，「第一家族的誰下了這個指令！」

「編號VT0－00AR008，領航員代號Osmanthus。本船爲星艦直屬接駁船，隸屬第一家族『菲勒斯』所有。星區眾人，殺害本船船主，造成無法修補的永久性死亡，最高指令爲『永遠不會原諒星區所有人類』。」領航員冰冷地抬起手，擁出的異人眼睛全數泛出血紅光芒，「本船將爲諸位開啓死亡航程，釋出毀滅性武器，計算航行時間爲……現在。」

「快走！她是高智慧系統！」琥珀抓住還想跳出去對抗的波塞特，然後大喊。

「雷利！」噬環住美莉雅，轉身投入門後的黑暗。

大片黑影拔高，堵住寬大的走廊通道，通道震動了下，照明開始閃爍。

「走！」確認青鳥拉著琥珀進入門後，沙維斯抄起大白兔，跟在波塞特兩人後面也隱進了門內。

黑暗中，有人用力拍了兩下門，傳出的是琥珀的聲音，「關上！立刻關上！」

似乎真的接受到這項指令，只打開小小縫隙的門扉無聲地慢慢闔起。

關上之前，門外傳來劇烈的爆炸聲響，灼熱的氣浪撞上巨門，帶進一絲奇異的氣味，接著被完全隔離。

內部依然沒有光亮。

幾秒後，小小火光燃起，弗爾泰的臉出現在沙維斯不遠處，「可能還有其他陷阱，盡快移動。」大量異人對他來說並不構成威脅，畢竟遊走於各地時，見過太多危險的事物。剛才的狀況也不是處理不了，只要用最大力量就可以悉數破壞掉，但他很清楚這只是浪費氣力，對接下來要深入不明區域沒有幫助。

無論如何，他都不能隨隨便便倒下去，至少在波塞特面前時不會倒。

「嗯。」沙維斯站起身，放開夾著的大白兔。但這瞬間，他們突然發現人數減少了，強盜團內的美莉雅與克諾並不在這裡。

弗爾泰猛一回頭，應該要在身邊的波塞特竟然也消失了，更別說剛才還在拍門的琥珀，同樣失去蹤影，連青鳥也無聲無息不見了。

「這──」弗爾泰一愣，下意識想要把這個空間完全點亮。

一隻手從旁邊伸出來抓住他的手腕。

阻止對方行動的噬，冰冷著表情，開口：「走，立刻。」

門內的騷動並沒有傳到門外。

深海船釋放高能量引爆之後，雖然星艦自衛系統即時啓動隔離，但停泊口仍然造成損傷。堆疊的異人屍體被蒸發得連點灰都不剩，空氣中瀰漫著一股生化毒氣的味道。

在破損的地面站起，黑影變成獵豹的形狀，左右張望了下，受損空間正在快速修復，深海船的破損也同樣正在復原。

照這麼看，這艘船應該很快會有下一步動作，最起碼還會守在這裡等著獵殺他們。

影鬼不由得開始認爲高智慧模擬系統很麻煩，一旦接受指令，怕是不弄死他們不會罷休了。幸好自己的能力不太容易受到攻擊影響，剛才雖然發動極端能力幾秒的時間，但還是擋下了高能源爆炸，現在只要追上其他人的腳步就可以。

「嗯？」

正要踏出腳步，影鬼搖晃了下，接著發現右足碎開，黑影像是無法聚合般掉落到地面，然後消失。不過這點異常只有短暫的兩、三秒，很快地又能重新組合身體，沒有再次潰散。

……使用極端能力果然還是會有些問題。

影鬼在心中思考了下，認為還是盡量不要再發動異常能力比較好。

於是他調過頭，去追逐其他人了。

□

「琥珀？」

青鳥在一片寂靜中，小心翼翼地發出虛弱的叫喊。

他剛剛才清醒。

不知道是不是因爲爆炸，他好像瞬間失去了意識，睜開眼睛時，身邊什麼人也沒有，其他人全部消失了，自己一個人莫名地在一個似乎是圖書館的地方。

好吧，應該眞的是個圖書館。

他生平第一次看到這麼多實體書，好像全部星區的書都在這裡了，眼前所見的是數不清的書架，將根本看不見門和牆壁的廣大空間搞得像座超級大迷宮；每個書架都頂到天花板，起碼有七、八層樓高，其間建造許多樓梯與浮空地板，可以很輕易地在各層尋找書籍。

青鳥看著讓人眼花撩亂的空間，相信了人會被書壓死這件事情。

古代的書本眞不是普通地多，母星古代流行實體書的時候，人類怎麼有那麼多空間可以塞這麼多的書啊？

青鳥隨手拿下一本，翻了翻，看不懂上面的字，雖然應該可以利用圖書館系統解讀，可是搞不好會像剛才深海船一樣，引起大爆炸。考慮到生命安全，他還是把書本放回原位，繼續試探性地開口：「……大俠？你們在嗎？」

難道他是被爆炸吹走的？

怎麼只有他被吹到一座圖書館裡面啊？

這是怎麼吹才能吹成這樣？

「波塞特？」

還是沒聽到回應，青鳥開始覺得有點毛了。雖然這裡照明充足，而且還調整成最舒適的亮度，他卻有一種書櫃後面等等可能會有能衝出來咬人的感覺。

剛清醒時他就試著聯繫過了，但這裡似乎有什麼阻隔訊號，所有對外、對內聯絡全部無法使用，不過儀器部分功能還算正常就是，且莫名可以接收不知哪傳來的更新通知，青鳥不敢隨便下載，只能先這樣邊走邊找人。

「琥……」

青鳥猛地止住聲音，他完全沒預料到竟然會在一轉彎就看見人，而且還是個正常到超級不對勁的人——一名女孩坐在書櫃邊，正津津有味地翻著書本，聽見聲音時，女孩還抬起臉望過來，白皙又漂亮的精緻面孔上，赫然有著一雙湖水綠的眼睛。

不過，女孩穿的衣服相當奇怪，和青鳥所知的星區衣物不一樣，看起來非常古老，但穿在她身上卻很好看，襯托出優雅的氣質。

「你是誰？」女孩帶著微笑，抱著書站起身。

「呃……」不知道爲什麼，青鳥反射性往後退了一步。

「請出示授權。」女孩依然微笑，往前走一步。

「我……我是……」

話還沒講完，青鳥突然被人用力一撲，直接撲到隔壁走道，來者一個翻滾跳起身，還往他肚子踹一腳。

「白目的兔輩！那是機器人！快逃啦！」美莉雅甩出短刀，擊落平空飛來的銀色小鏢。

青鳥這時才發現自己剛才立足的那條走道地板已插滿大量銀鏢，差一秒他就會變成人型刺蝟。他二話不說，馬上跳起身以最快速度跟著美莉雅竄逃，一邊跑，還撥空往後一看，悚然看見女孩竟然橫著跑在書架上，帶著依然不變卻讓人毛骨悚然的微笑追在他們後面，距離相當接近。

「跑快一點啊你！」美莉雅回頭大罵。

「很快了啊！」青鳥嚷回去。

然而女孩還是用詭異的速度追著他們。

再次回頭時，青鳥看見女孩身上浮出很多銀色的小東西，全部都是那種銀鏢，無重力般圍繞著女孩，部分已經對準他們準備射出。

「你跑快一點！」美莉雅啧了聲，煞住腳步，往後翻身，短刀一閃便擊落許多銀鏢，這次她沒有跑開，而是一鼓作氣衝上前，把短刀送進女孩額頭裡，插得只剩下刀柄。不過果然如她所料，女孩根本沒有倒下去，那張讓她都想殺人的笑臉也沒變。

「抓好。」

青鳥從上方落下，手腕儀器貼著女孩的後腦，直接把之前琥珀給的震盪系統打進對方身體裡。

女孩抽動了兩下，就這樣停下動作。

「眞的是機器人。」青鳥抖抖地看著頭上插著刀的女孩。太像眞人了，甚至有血流出來，不過這地方如果出現眞人一樣可怕，畢竟已經封閉好幾百年，眞的有活人他也會跑，心靈上太驚嚇。

「廢話，這種地方絕對會留下一些管理用的系統和機器人、人造人啊！你沒常識嗎！」美莉雅大翻白眼，不過也稍微鬆口氣，「看來你們兔輩還是有點用，雷利給我的震盪系統似乎不能應用在這裡。」

「哼，我家琥珀才不是你們這些強盜的等級……」一說到琥珀，青鳥就低下頭。

到底是怎麼回事？

「我們好像被刻意分開了，我剛醒來時在另一邊，好不容易甩掉一個機器人，走半天才看到你這白痴。」美莉雅環著手，焦躁地不斷踏地。她在遇上第一個機器人時，發現自己的攻擊系統起不了作用、也聯繫不上其他人，只能跑，這讓她多少有些不踏實，「你知道自己怎麼過來的嗎？」

「不知道，我才想問妳。」青鳥一臉呆滯。

「……」美莉雅開始考慮把這傢伙扔在原地了。

「不過爲什麼我們會掉在這裡啊？」再怎麼看，青鳥都覺得這裡就是間圖書館，也不像監獄，一般抓到入侵者不是都會丟到監牢裡，然後努力刑求嗎！

難道這裡的刑求方式是用書壓死？

「誰曉得！不過噬和雷利一定會來找我！」美莉雅哼了聲偏開頭，然後踢著腳走掉。

「琥珀他們一定也會來找我。」青鳥立刻跟上，「他們好像眞的對妳不錯。」這種彆扭性格，讓青鳥覺得眼前的小強盜應該從小就過得不容易，不過她這麼信任那兩個大強盜，可見那兩人一定程度上挺保護她的。

「噬是我哥啊，雖然他很喜歡打架，但哈爾格被奪取之後，一直都是噬陪在我身邊，朱火那個白痴首領想要噬的能力又害怕他，還打算收我當小妾呢。」美莉雅也不覺得有什麼委屈，很理所當然地說著：「所以嗞幫他打下大半天下，後來雷利又向那白痴保證會貼身保護，他才打消那個念頭。」

「這樣啊……」青鳥雖然真的很不喜歡那幾個強盜，不過他們果然也不是沒人性。

「塔利尼家族到底……？」

「不知道，我聽嗞說哈爾格原本是塔利尼領導的，我們想要執行自己的責任，但第一星區給朱火白痴很多援助，不然他就是個不起眼的打手，怎麼可能會讓他趁機奪取哈爾格；後來死了很多人，嗞不肯告訴我詳情，只說以後把他們全殺光就好。」美莉雅咬咬下唇，喃喃地說：「後來朱火拿了很多第一星區的好處，成立一些研究室，害雷利變成這樣，雖然他沒變成這樣就不會遇到嗞。」

「你們也真是辛苦了。」青鳥很想往自己臉上搧一巴掌，好讓微妙的同情心飛走。

「這關你屁事，你們這些兔輩別再動手腳，讓我們早點完成任務不就好了！」美莉雅一想起來就氣，如果不是這些渾蛋從中作梗，他們搞不好可以更早來到這裡。

「不行！你們想要傷害別人就不准！」青鳥立刻反駁，「不管是海特爾也好，其他人也好，我絕對會阻止你們！」

「哼，那個哥哥雖然有不少東西，可是可有可無啦，嗞發現阿克雷的時候就知道兩

個人可以交換了，現在來到這邊，那個白痴根本不重要。」美莉雅冷笑著揮揮手。

「到底爲什麼你們要叫他阿克雷啊！」青鳥無法忽略這三個字，「琥珀就是琥珀，他也說過他不是阿克雷。」

「噬告訴我的。」美莉雅聳聳肩，「來這裡之前，他才告訴我。噬很喜歡的那個女人死前告訴過他——」

「只要能操作雙兵器的，必定就是阿克雷。」

□

波塞特猛然睜開眼睛。

他不知道自己是什麼時候失去意識的，但顯然中了什麼招，四周一個人也沒有，他從異常柔軟的床鋪上翻起身，一眼望去是一個很大的白色房間，有幾張小桌椅與白色書櫃，布置得非常簡單。

同樣白色的房門半掩著，並沒有關上。

沒多加考慮，他立刻走出房間，門外連結的居然是極大的溫室……這規模就像一座植物公園，綠色植物多到分不出種類。波塞特用儀器掃瞄了下，發現竟然大半都是沒有記錄在星區百科中的物種。

母星帶來的古代植物？

雖然在接駁船上有想過溫室可能還在運作，但真的見到了，且發現植物還長得如此茂盛時，波塞特心裡仍然很震驚。這裡的植物隨便帶出去一把，都足以讓研究古代的那些學者大驚小怪了，大多數專家都言之鑿鑿地說這些古物種早就滅亡，母星的植物留存得不多什麼的。

但是自己爲什麼會出現在這個地方？

波塞特挖空腦袋，也沒有逃到門內之後的記憶。他的印象就只有和弗爾泰一起進到門裡，接著突然醒來。

其他人不知道是不是也像他這樣散落在別的地方？

在巨型溫室裡走了一段，前前後後都被綠色植物包圍，波塞特卻還是沒看到出口，幸好空氣很清新，聞起來也很舒服，和星區森林裡聞到的味道不一樣，這裡給人一種精神爽快的感覺，待著很舒適。

像這樣的區域，母艦裡面不曉得還有多少？

仔細想想，這些如果都能夠帶出去，對現今星區的助益非常大，許多絕跡的古代藥物或配方都可以因此重現，說不定連污染者都有機會得救。

波塞特在一棵大樹下停步，有點茫然地看著樹上結得滿滿的果實，卡其色、飽滿地垂墜著，他沒見過這種東西，不知道有沒有毒。

「那個叫作龍眼，很好吃。」

波塞特聽見意外的聲音，猛然回過頭，赫然看見一名少年就站在他身後不遠處，這讓他起了一身雞皮疙瘩，因爲他在離開房間後，每隔一段距離就會放置一點熱源力量，這個人竟然沒有觸動到他的設置，就這麼出現在他身後。

這人大約比自己小一些，可能比琥珀他們大個一、兩歲左右？看起來很像高中生，黑色的頭髮與一雙綠色的眼睛。

「我也很久沒吃龍眼了，還以爲這裡沒有種。」男孩似笑非笑地抬起手指往上一彈，一串果實便穩穩落在他手上，「再次自我介紹吧，我叫初光。」

「你把我弄來這裡的？」波塞特警戒著對方的舉止，雖然這人還眞的當場剝殼吃起果實，還吃得很熟練的樣子。

「嗯，你被拖下來之後掉在墳場裡，我好心把你帶過來，不然應該死了。」初光拿出嘴裡的黑籽，扔到一邊的土壤裡。

「墳場？」波塞特皺起眉，「被什麼拖下來？」

「這艘星艦裡的人造人，你忘記人造人會變色嗎？你們一被毒倒立刻就被拖走了，不過那小子估計是例外。」初光剝開了第二顆龍眼，遞給緊繃的青年。

波塞特搖搖頭，「什麼中毒？」

「……大爆炸啊，有毒啊，我看你身上中毒，所以順手幫你解掉，不用謝，想謝就給我錢。」初光看對方不領情，又自己吃了起來。「不過你們馬上浮現症狀還好一點，表示毒只到皮層立刻就發散了。如果當下沒出現問題，那之後就要去拜祖先了，毒一定是鑽到器官裡，等循環一輪就會變得很嚴重。」

「其他人沒事吧？」波塞特其實不太相信這個奇怪的人，可是也感受不到對方的敵意。應該說，對方給他的感覺，比較像是……看好戲。

「我哪知道。」初光回得很不客氣。

「只有我在那個什麼墳場裡？」波塞特覺得有點不妙。

「對啊，如果有兩個人，我就放你們白生自滅。」初光扔掉第二顆籽，然後將剩下的龍眼收進背包裡，「不過你可以放心，我同伴似乎也有找到人，只是他會亂丟，至少丟的地方暫時不會太危險……不過萬一出事就不保證。」

「等等。」波塞特看對方好像要轉頭走人，立刻喊住，「你說那個墳場在哪裡？」

「……你就不怕我是這艘船裡面的怨魂？正常人看到陌生人出現在這種封閉幾百年的地方，應該會尖叫然後向後轉拔腿狂奔吧。」初光挑起眉，有些惡作劇般地說道。

「呃不，你給我的感覺很新鮮，而且穿著也是現在星區上的打扮，還有你的力量很強，雖然你藏著，但是我感覺得出來非常強，所以我想你應該和我們一樣，是用某種辦法進來的。」波塞特第一時間就已經打量過對方，如果剛才他發現這人穿的是古代的衣服，他當然會尖叫向後轉然後拔腿狂奔。

初光嘖了聲。

「你很了解這艘船嗎？」波塞特見對方似乎沒有什麼陌生感，起了疑惑。

「稍微。」初光想了想，「容我提醒你，進船之後，你手上的東西就已經自動連結到系統，隨時可以更新地圖喔。」

波塞特立刻打開儀器，果然已更新非常多訊息，他剛才竟然沒注意到。仔細一看，似乎是自己的儀器已提早通過認證，所以主動通知周遭一切可下載的最新訊息。

不用深思，他隱約知道應該是琥珀做的事。

自從認識琥珀之後，他們這些人的設備根本都是對方日常散步的區域，時不時會出現完全沒看過的東西……雖然通常是很好用啦，就是讓人內心糾結。

下載更新了一會兒，星艦的部分地圖開始出現。初光口中的「墓園」就在離溫室一段距離的下層，從分布圖來看，「墓園」竟然也不小，佔地頗大。

雖然沒有經歷過跨星河遷移，不過在船上死亡後，遺體大多都會直接葬入宇宙之中，以免佔據活人的生存空間，這點波塞特還是知道的。會這樣留存在船上，估計都是相當重要的人物，更別說規劃了如此大範圍的墓園。

第一家族？

對，很有可能是第一家族的埋身處。

「我去這地方看看。」

猛地抬起頭，波塞特又愣住了。

溫室裡只剩下他一個人，那名叫作初光的人，似乎從來沒出現過。

《兔俠　卷八．深海母艦》完

番外▼黑影

這個世界，是從「黑暗」開始的。

人無法否定自己的黑暗面，自橫渡世界、自創建新土地、自出生開始。

即使嘴上說得光明好像無處不在，但腹中裝的全都是比墨還要深沉的陰暗。

如果是神的應允，那麼神未免也太過大方。

在母星理當都該消失的存在，竟然給予　線生機，讓這些人再度踏上新世界。

然而在接觸了所謂的眞實後，終於讓人明白了。

所謂的那些神……

□

他的父親是個天才。

自懂事開始，他就知道父親在某些領域上爲人所推崇，因此家中生活一直遠比他人優渥很多，家人也都過得很開心。

是，開心得壓根無視父親在外的行爲。

不能否認，父親貨眞價實地是個「頭腦」，但在這份能力之下，卻缺乏很多一般人應該有的道德。他在懂事後就發現這件事情，或許該說是父親教會他的，他跟著那人學習大量知識之餘，那名身爲父親的人也開始告訴他能夠再把某些成果轉入黑市等等的手法，好讓同樣也有「頭腦」天賦的他，未來能聯手賺進更多利益。

人總是貪心的。

「雷利，你得明白，如果沒有從裡面得到什麼就白白拱手讓人，才是最愚蠢的行爲。」男人咧著嘴監看他的進度，心情愉快地說道：「就像販賣毒藥的人，也會向受害者兜售解藥一樣，好好運用這些擅長的本事，你的地位和錢就會源源不絕。」

對於這個說法，他其實覺得還有那麼一點道理，所以與家裡的人一樣，保持靜默，乖乖地一一完成父親每日交代下來的工作；至於那些成果賣到哪裡，或是用什麼名義消失，都不在他可知道的範圍。

直到年齡差不多、該上學時，父親突然檢驗出他體內出現了少量能力者細胞，這個發現讓那個男人相當興奮，因爲他們上一代家族能力者是第三能力的「影鬼」，能脫離本體，操控所有影子的一種特殊能力。

已經不能再隨便製造奇怪事物的這一代，家族中能有個特殊能力者，無異是最大的保障。

所以男人決定，無論如何都必須要激發出他潛藏的能力，一個擁有特別力量的「頭腦」，未來必定是最好的招牌。

這個決定，奪走了他在母親身邊的機會，結束一日工作後，就必須在父親地底下那間小密室裡，被接上各式各樣的線路，反覆接受一次次實驗。

那些實驗有時候可忍受，有些時候劇痛不已，好幾次暈厥了過去，得過很久才能恢復意識。

對於父親的手段，他早在心中滋長出怨恨與殺意。

然而他遲遲沒有下手，因爲他知道同爲「頭腦」的男人做好很多準備，要殺掉這個人不容易。還有，每當母親看見男人回到家中時，總是會綻放美麗的笑容，就算男人在外面多壞、多麼貪婪，被養在純金鳥籠中的女人依然愛他。

男人——寇奇對他所做的一切，母親都不知道。寇奇只告訴她，她的丈夫與優秀的兒子是很好的搭檔，要她放心，如往常般快快樂樂地享受生活就行了，他只想看見她微笑，於是女人也照做了，給予寇奇、給予外表看不出傷痕的他，最美麗的笑容。

雖然他感到有些噁心，但母親溫柔看著他時，他卻無法把事實吐出口。

因爲不明白眞相，她才能笑得如此潔淨無瑕，好像整個世界都是乾淨的白，從未有任何一點烏黑。那些直接或間接受益的其餘親人好友，也忽略了美麗的房子與那些好看的花園，是蓋在很多人的血肉之上。

沒錯，寇奇的研究有很多都具有殺傷力。

毒氣、分解複製人體、兵器、攻擊程式等等……

還有對能力者進行的大量研究，其中一種是複製能力者的基因，再轉嫁到其他事物上，但過程十分可怕。

他曾在地下室看見扭曲不已的實驗體，幾乎看不出原本面目——即使那只是前一日在黑市買來的非法人口。

寇奇的這些研究，害死了很多人。

而他卻數著存款數字沾沾自喜，然後把這些沾血的錢，塞在名爲家人的嘴裡面。

身邊的人都穿著極好的衣物，在宴會上跳著舞，雷利看見的只有一片血紅，貪婪的人類，以及忽略了眞實的人類，穿著猩紅的服裝，露出了無知又天眞的笑。

□

再次從劇痛昏迷中醒來。

睜開眼睛時，寇奇站在他身邊。每次醒來，他總有一瞬間能在男人眼中看見關心和後悔憐惜，但那抹情緒很快就消失得無影無蹤，只用很可惜的語氣和煩躁的表情說：「又失敗了，爲什麼你成不了能力者。」

是不是成爲能力者就不用再接受這些痛苦？

不，成爲能力者後，寇奇會再進行下一個激發最高能力的程序，這些排程他已經全數看過，完全知道自己的命運會如何。

身爲「頭腦」，最可怕的就是忘不了這些，但又覺得寇奇的實驗有他的理由，想不出讓他徹底放手的方法。

如果成爲影鬼，確實可以爲家裡帶來更多益處，最起碼能夠保護母親。

寇奇早就花了很大一筆錢，雇用許多人隱藏在周圍保護家人。因爲他毫無良心地販賣研究，早就惹上許多仇家，這一點他很有自知之明。假使家中有影鬼，就可以大大降低外來的威脅，這也是寇奇亟欲激發出能力的原因之一。

他明白，但還是非常痛苦，理性的思考無法用來減低肉體的損傷。

漸漸地，他開始期待睜開眼睛時，父親那瞬間的關心和後悔能夠擴大，在他滿身是血時，可以喊停。但這點希望始終沒有實現，男人比較明顯的變化只有在生日或某個紀念日時，買大一點的禮物而已。

偶爾有些時候，即使醒了他也會假裝不醒，好避免更多的痛和反覆的實驗。

寇奇不知道是眞以爲他沒醒過來，或者只是不想揭穿他，他賴著不動時，寇奇也沒有拿更多的藥物強迫他提早醒來。有那麼幾次，男人就是坐在他身邊，慢慢地摸著他的頭，一句話也不說，直到到了設定的時間，再沉默地將他送去治療。

他內心塡滿憎恨，卻又在那一點關懷中有些迷茫。

他閉上眼睛時，父親總是會露出一些關心與疼愛，而睜開眼睛時，他就得面臨工作後的各種痛楚。

其實他應該要離開這個地方，一個「頭腦」離家，無論如何都不會餓死，每個區域都

很樂意收容「頭腦」，甚至提供非常高昂的報酬與所須一切。只要想走，絕對走得了。

但是他沒有走。

每次看見他都寵溺地微笑著的母親，還有輕輕撫摸他額頭的父親，即使他們罪孽如何重大，他都無法邁開自己的腳步。

幼小的他，期望父母的關懷與擁抱。

每受一次折騰，寇奇的手就會越發輕柔，指導他做頭腦工作的語氣也會下意識溫和許多，吃飯時，總是把最好的先挾給他，即使這只是想讓他的身體更健康，好承受更多測試，他還是會在漆黑冰冷的心裡燃起微小的溫暖。

不知道地下實驗室的母親，總是端出許多他們愛吃的菜，交代寇奇不要讓孩子太辛苦，一家人在餐桌邊的畫面好看得就像童話故事的圓滿結局，既溫馨又美滿。只有他曉得，翻開結局的下一頁，是像地獄一樣的畫面。

寇奇的手段遲早會出事，他知道，寇奇也知道。

在那天到來時，很可笑的是，在一片驚慌慘叫當中，唯獨他毫不驚訝。

他不知道被捅了幾刀，闖進家中的污染者，將手上的刀子穿過他的身體，時間點就在寇奇回家愉快地宣稱他接到一個偉大邀請後第三天。

當時寇奇已經出發前往他嘴中的「偉大邀請」，一家人只知道他可能要待一段時間、幾個月後才回來，所以也沒放在心上，畢竟這是很常見的事情。

當天就像平常一樣，家裡的人與訪客正在柔軟的椅子上大啖美食，一邊挑剔著那些昂貴的裝飾品，殺手無聲無息地已越過外面那些看守，來到所有人身後。

人被收割性命的時間很短暫，不到一會兒，四處都是血，他也像其他人一樣，頹然倒在自己的血泊中。

可能是長期被實驗的關係，他竟然不覺得特別痛，身體的痛感早就麻木了，就算殺手捅再多刀，他也沒有更進一步的痛楚。

躺著的時候，覺得這樣輕鬆地解脫可能也是件好事，他慢慢閉上眼，接受死亡。

只是神並沒有給他這個選項。

從黑暗中清醒時，他發現還是一整片的黑。

身上的痛已經消失殆盡，取而代之的是奇怪的輕鬆感，身體變得輕飄飄的，還有些舒服，好像身上那些長期實驗下造成的後遺症，瞬間消失乾淨了一般。

他睜開眼睛，沒有看見寇奇一如往常的關懷，只看見很多屍體，還有被聯盟軍封鎖的家。大批聯盟軍在家中來來去去，好像將他當作空氣，完全沒人注意到他。

很快地，他知道了原因。

他抬起手，看見的是一片黑影。

血泊中的那個自己已經消失，而他現在就像一大片影子般，貼黏在角落的牆壁上，不管如何看，都只是一片不起眼的陰影，自然沒有人發現他的存在。

擁有超越一般人的「頭腦」，在這時候發揮了作用，他瞬間便冷靜下來，沒有驚慌失措，也沒有哭號尖叫，他嚥下所有驚恐，非常理智地分析眼前所有狀況。能確定的是，自己的能力顯露出來了，可能是原本就會甦醒，也可能是寇奇的實驗終於出現成果，他在死亡那瞬間成爲了能力者。

估計在失去意識時，身體本能地發動了力量，成爲影子，利用屋內其他影子塡補傷口，而且是在殺手們離開後才發動，否則應該已經曝光，被擄走，或是被用其他方式徹底殺害才對。

根據他對影鬼的了解，是人身體的一部分轉化爲影，進行各種活動；但眼下，他完全感覺不到自己的身體，也就是本體的存在，好像這片影子就是他的身體。

直到聯盟軍追查好幾天，依然找不到凶手，把屍體依規定處理掉後，雷利才終於明白自己已經沒有身體了，無法轉換回人類的形態，因爲不明原因，他徹底成爲一道影子。這個不明原因，很可能就是寇奇的實驗，那段時間裡他反覆服用很多藥物，也反覆進行施加許多外來刺激的實驗，這些都有造成他變化成現在這樣的嫌疑。

再怎麼優秀，他這時也還只是個孩子，他需要寇奇來幫忙處理這一切。可是寇奇就像蒸發了，完全消失不見。

他常去的黑市、他那些貪婪的同伴們，還有他散步會去的地方，全都找不到他的蹤跡，只有一個寇奇被某個組織架走的傳言。

又過了一段時間，聯盟軍終於失去搜索的興趣，雷利才回到自己那個華麗的家。

失去主人的房子很快變得荒涼。

有些小偷破解保全系統，大大方方地搬走不少值錢物品，那些珠寶飾品、那些不知到哪蒐羅來的精巧玩具，還有實體書籍、古代人類從母星帶來的眞空食品等等……被掠奪得所剩無幾。

當然，有一些是被親戚拿走的，趁著聯盟軍搜索，使用了很多名目，取走他們早就覬覦的東西。

這房子的內臟就這麼被掏空了，只剩下外頭依然華美的空殼。

幸好錢不是他所需的。

成爲影鬼後，外在事物突然都變得沒有意義，就連不吃飯都不會造成影響，一片影子也沒有佩掛任何飾品的必要。

他回來，是因爲這個世界上只有兩個人可以找到地下實驗室，一個是寇奇，一個是他。寇奇大半輩子的心血都在那個地方，所以說不定能在那裡找到恢復身體的辦法。

花了很長時間一一解讀數據，最後卻毫無成果，讓人無力，寇奇的實驗裡並沒有提到影鬼發生意外會如何，或者分析影鬼自控能力的隻字片語。

把所有數據帶走的當下，他直接毀掉實驗室，好讓這個地下空間不會再被其他人找到，包括關著的那幾個實驗體，他也讓他們一起離開這個世界，至少他們以後不會再痛苦了，不再每晚都因疼痛哭號。

接著他回到家裡大廳，躺在發黑的血跡上。

如果旁人進來，只會看見有些詭異又有些可笑的畫面——一個人類的黑影像是被遺忘般地呈大字形貼在地上。

可悲得好笑。

□

「影鬼嗎？」

不知道第幾天，有些冰冷的聲音突然刺穿一片寂靜。

雷利懶洋洋地看過去，看見門口有名從未見過的男孩，臉上有著火焰的印記，對方靠在門邊，用有趣的目光打量著突兀的黑影。

「看來留下了好東西。」男孩眼中透出了好戰嗜血，讓人不寒而慄，「如果你沒地方去，就跟我來，你要的我都給你。」

當下他並沒有對男孩提出任何要求，只是默默地站起來，默默地走向男孩。

「你可以有其他樣子嗎？」男孩比劃了下高度，「例如老虎。」

他曾在母星圖鑑上見過老虎，稍微嘗試驅動力量，讓四腳著地，黑影扭曲變形，最後成為野獸般的影子。

「眞不錯，美莉雅會喜歡。」男孩裝腔作勢地在老虎影子上摸了摸，開口：「我叫噬。哈爾格·噬·塔利尼，這是我的眞名。在別人面前，叫作噬·巴德。你成為我的夥伴吧，我需要很強的夥伴。」

「我不強。」他這些日子以來首次出聲。與自己以往完全不同的聲音，既低沉又粗糙，相當難聽。

「不，你會很強。」男孩用非常自信的語氣說道：「因爲我很強，就算你是影鬼，我也會要你變得和我一樣強。」

這人其實有點莫名其妙，雷利還眞沒見過這麼自負的小孩子，但自負的大人倒是見了不少。

「還有，我需要不會輕易死掉的夥伴，影鬼再怎樣，只要本體不受損，就死不了，對吧。」男孩自顧自地說著話。

「我沒有本體。」不知道爲什麼，雷利回答了對方。或許是因爲自己所處狀況讓他不想一個人，也或許是他想要藉由與別人接觸來忘記身上的事情。「我無法轉回人類形態，這就是全部了。」

如果寇奇在他面前，露出的會是關心、心痛，或者根本無視他的心情，拍手歡呼終於成功？

男孩停下腳步，「沒有本體？你是鬼嗎？」

他搖搖頭，把事情告訴男孩。雖然是初次見面，他卻管不住自己的嘴巴，理智的大腦不斷警告他應該閉嘴，但他卻無視理智，像是發洩般一股腦把所有事情都傾倒在男孩身上，包括那些踩在血肉上面的親人。

男孩沒插嘴，只是靜靜地聽著，聽他把受到的傷害宣洩完畢，才開口：「你跟我來吧，你不會後悔的。」

他很迷惘，但他知道他想跟著男孩，從第一眼開始，他就覺得自己會跟上男孩的步伐，對方像是專程來到這片死屍中帶離他；雖然日後他才知道這人不過就是路過，察覺好像有能力者，才晃進來徵才。

男孩帶著他，進了強盜團，這是星區世界中數一數二的大強盜團，朱火。

從記錄資料上來看，能夠得知朱火的前身是哈爾格傭兵團；哈爾格曾造成世界瀕臨毀滅，就差那麼一點便要傾覆星球，但最終失敗了，哈爾格也遭到強力打擊，不得不放棄原本的名字，重新編制成團；逐漸壯大後，首領被竄位，剩下的殘兵和不知來源的勢力成爲現今的朱火強盜團。

在各團長與能力者們的協助下，朱火很快拓展到各個星區，因爲過於龐大，聯盟軍竟長年無法消滅——這是檯面上的說法。

進入強盜團後，雷利所拿到的資料上，記載了爲數不少的背後勢力，幾乎每個星區都有人與強盜團合作，雙方各取所需，中間流動的各種黑錢更是驚人的龐大數字。那些星區的正義人士，一邊投資著強盜團進行各種方便的事物，一邊在權力的高點上，向民眾大喊七大星區和平又美好的口號。

他看著資料，笑了。

這似乎就是他家的大型翻版。

七大星區的人們，踏在自以為乾淨的土地上，談論到強盜團時就吐口嫌惡的口水，以此舉區隔善良百姓與無惡不作的強盜有所不同。

慢慢成長為少年的男孩，給予他越來越多機密資料，包括塔利尼家族流傳下來的真實記錄，他也不斷在黑市中收購類似的古代資料，於是他們一起知道七大星區侵據了多少資源，還有剪除多少好不容易從母星逃到這裡來的小家族……古老的家族根本沒有和平共存，至少在檯面下沒有。

他們把新世界撕裂得鮮血淋漓，然後讓老百姓們喜孜孜地啃咬著傷口，還讚頌著偉大的家族們，供奉為神，數百年不斷景仰著。

塔利尼家族也是犧牲品，他們數百年來遭到獵殺，失去家族、失去立足之地，還失去了神器，這些都是人心貪婪所造成的。

噬和美莉雅已經是最後的塔利尼了。

曾經那麼大的家族，如今保有純正血脈的僅僅剩下兩人，爲了活下去，還必須削弱自己，如同狗一般屈服在朱火強盜團的腳下，趴伏著爲奪位者端來更多戰利品。

「沒關係，只要忍耐一下就好了。」少年微笑著說，眼中沒有任何笑意，「等到時機成熟就可以了。」

雷利知道噬有很多讓步都是爲了美莉雅。

在強盜團中打滾的女孩大多不會有好下場，即使是嬰孩也一樣，噬爲了保護女孩，花費非常大的心力。所以雷利以自身爲籌碼，去找首領談判，然後讓首領相信自己有「本體」。將「本體」交與首領，關押到自己看不見的地方後，朱火強盜團終於有一條絕對格殺的規定，就是不能侵犯女孩，只要是想對女孩伸出手的人，噬等人可以進行必要的自保手段，即使把對方殺掉都不會被追究。

這個規定確實嚇阻很多人，但想要找麻煩的人當然也會挑在女孩落單時下手。

雷利開始習慣切割自己，把自己分爲無數部分，一個個附在各處，監視所有事物，也確保著美莉雅的安全，只要有人想伸出毒手，他就會翻起影子，格殺毋論。

漸漸地，美莉雅周邊淨空了下來，能讓她不受侵害地長大。當然，這與噬越來越強也有很大的關係，雖然幾個人很有默契地壓抑能力，但噬的強大就算壓抑了，還是能輕鬆地踏過別人前行，這讓更多人忌憚，不敢出手。

在首領眼中看來，他們這幾人是把又好用又銳利的刀，各種危險任務都指定他們負責，也讓他們的地位飛快提升，成為團長，拿到更多情報。

他終於在某封信件當中，看見寇奇的名字，身在方位不明的實驗區裡，日復一日地研究能力者。

照片上的男人皮膚都染成了紅色，以往他就很喜歡改造基因，將自己染成其他顏色，但雷利是首次看見他通體染紅，就像怪物一樣，有點可笑。

信件來源不明，只報告著實驗進度。

雷利反覆研究，試著破解來源，以便能準確無誤地定下實驗室位置。

多日後，信件果然不堪精密解析，浮現隱藏其中的座標，快速多點定位後，他幾乎能確定寇奇所在之處——分島實驗區。

塔利尼的資料中有提到，進入強盜團後，他也知道強盜團、甚至是更早以前的傭兵團，有支援實驗區的事情，只是首領一直不讓他們觸及，好像是在防備噬，只要有相關的任務，都是派遣其他人，非常保密。

「那我們就去吧。」

噬知道他找出座標後，又裝腔作勢地摸摸黑豹的頭，「找到寇奇，讓他把你恢復，再殺掉他。」

殺掉寇奇嗎？

沒錯，自己如此憎恨那個人，應該是想殺掉的。在強盜團的日子，他經過不少訓練，能力者的階級早已非常高，想殺誰就能殺誰，影鬼的能力眾人都害怕。

想到能殺掉紅皮膚的男人，有一瞬間，雷利突然不怎麼期待。

眞的想殺掉他嗎？

不，也許他不想。

就算男人有多可惡、多麼該死，他也很清楚明白地知道，自己其實只想再看男人一面，想要從對方眼裡找到那一絲關懷。

這種心態連自己都覺得可悲。

那人就是罪無可赦的怪物，心是冷的，幾乎沒有情感，還害死了全部家人。

可是留存在自己記憶中的，除了關心之外，還有更久更久以前，不會走路的自己看見的那些。印在孩童記憶裡，某一天因爲摔倒、嚎啕大哭時，男人把自己染成五顏六色來逗孩子開心的滑稽舉動。

刻印在腦袋中的男人，曾有過那麼好笑的動作，如同小丑般大做鬼臉。

是的，他果然不想殺掉這個自己稱爲父親的人。

他只是想，是不是有可能再次看見對方眼裡的感情，就算是在痛苦掙扎中，他也會因爲父親吝嗇的關心，忘掉塡滿胸口的恨意。

噬沒多說什麼，帶上了克諾和他，去了一趟分島實驗區，接著他得到了寇奇的死訊。

啊啊，那個人其實很早以前就該死了，只是因爲他的「頭腦」，讓他得以苟延殘喘那麼多年。

記憶裡與寇奇聯手設計的藏匿系統，出現在寇奇的實驗室中，大量研究與情報都被隔離在難以發現的祕密小空間裡。

雷利帶走所有資料和相關儀器，毀去實驗空裡面的那些，不讓其他人有機會發現。

回到住所，他花了很長的時間完全解讀，知道海特爾兄弟的事情，知道了寇奇額外研究了什麼，也察覺到母艦的痕跡。

因爲這些，他們一族的人死光，寇奇也因此從世界上消失，連句道歉都沒有。

可笑。

□

當時，噬對他說過想要的都會給他。

然而雷利一直沒有提出想要的東西，就只是跟著少年的腳步，陪他做盡各種壞事，殺害許多無辜的人，冷眼看著手下強盜大肆掠奪。

被掠奪的那些人，就和他的母親一樣，不知道七大星區的陰影，歡欣自在地在上頭生活，每個人都是一張既天真又無知的臉，過著幸福和樂的日子，無視土地下那些犧牲的生命，還有流淌的鮮血。

那麼，既然可以這麼莫名其妙地活著享受一切，也能莫名其妙地被掠奪之後去死吧。

「雷利，最近你放過的人有點多啊。」少年看著手臂上的黑鷹，懶洋洋地說道：「上次合團攻擊時，隔壁團的人看見你放走不少老人和小孩。」

「有問題嗎？」他沒有否認，淡淡地回問。

「有啊。」噬咧著嘴，森冷地笑了起來，「你應該殺掉目擊者，他才不會扯你後腿，這樣你要放過多少人都不是問題。」少年知道黑影現在會將影子散到各處，肯定曉得是誰去打小報告。

「我知道了。」黑鷹懶懶地點頭。

後來，就再沒有人打小報告，而強盜團總是在某些時候會奇妙地消失幾個不起眼的人，聰明的人已經學會不要招惹隨時會出現的影鬼，讓他們耳根子清靜很多。

差不多又過了一段時間，雷利終於把寇奇留下的最後資料全部破解完畢，其中出現了許多讓噬開懷大笑的東西。

「果然，第一家族會在這代出現。」噬看著文字，「終於啊，塔利尼等得夠久了。」

塔利尼家族所發生的事，噬完全沒有保留，全部告訴雷利和克諾，也表示他對兩人完全信任，將他們當作塔利尼的家人。

不過克諾對這些事情比較沒興趣，他和噬一樣喜歡打鬥，因爲噬的力量讓他臣服，克諾付出所有忠誠，沒有二話地跟著到處殺人放火。

第一家族的出現，克諾也不是那麼在意，他只在乎噬想做什麼，就去幫他做什麼。所以每每頭痛的都是雷利，他要想好一些讓眾人不被強盜團起疑的煙幕彈，既誇張又有效，大動作掩飾他們私下的設計。

從寇奇的資料中，他們找到了一些武器庫，從塔利尼家族留下的記錄中，找到不少預留的古代兵器，與整批的專用潛水船。

在手下裡挑選出絕不洩密的死士，他們靠著一次又一次與處刑者的對抗來掩護行動，也同時放出一些資源讓強盜團首領上鉤，最終首領與他背後的人會注意到母艦，貪婪地伸出手，歡喜地認爲他們得以掌控最大的資源，還有附帶的雙兵器。

再忍忍，時間就快到了。

雖然噬很沒有耐心，還常常因爲個人喜好破壞行動，但在這件事情上，他卻極具耐心，耗費了許多年等著。

終於有一天，成長成青年的人告訴他，「我們可以開始了。」

雷利知道，噬想拿回塔利尼家族的神器，以及名譽了。

「我只有一個要求。」黑鷹棲伏在青年肩上，低啞地說道：「和實驗室有關的人交給我，讓我全權處理。」

他明白這要求有點過分，因爲噬也想親手處理朱火強盜團的首領。

青年沉默了幾秒，並沒有預想中的不悅，反而爽快地回應：「好啊，你殺和我殺，都是一樣的。」

「謝謝。」

這是雷利發自內心的話語。

就算記憶中的那個紅皮膚男人是糟糕的，享受生活的女人和親人朋友是無恥的，他還是想要做點什麼。

他不清楚自己到底有多恨寇奇，但每每伴隨著恨意浮現出來的那些溫柔記憶，總讓他無法忘懷，他想要割斷對方的喉嚨，卻也想要對方在自己昏迷時，小心地摸摸他的頭。

如果寇奇沒死，至今他仍會在殺與不殺中難以抉擇吧。

「雷利。」

黑鷹抬起頭，看著青年。

青年望著腳下的風景，露出冰冷的笑，用像是平日說話般的語氣說：「陪我一起毀掉七大星區吧，我要爲了第一家族與塔利尼，埋葬整個世界。」

「好。」黑鷹沒有考慮。

噬笑著望向臉邊的影鬼，眼中的寒霜稍微消去了些，「我們可能也會死在裡面。」

「好。」雷利沒有改答的意願。

「沒死的話，我們再去找下一個目標吧。」噬移動了腳步，鬆了鬆筋骨。

「好。」雷利第三次答了相同的回應。

就算是地獄，他也會跟著去。

寇奇、母親、親人、朋友……過往的一切放置在世界歷史面前，突然都變得如此微不足道，死去的那些人都只是一枚齒輪，他們推動了即將要發生的事情，註定了他會成爲影鬼，而噬會找到他。

或許，他也可以放下了吧。

翻看寇奇留下的影音記錄，他重複播放著那兩兄弟的一切。

那名被留下的兄長寇奇帶在了身邊，寇奇告訴他很多事情，在紀念日或生日時，就讓那名孩子待在他身邊，承受各種暴力宣洩。

然後，孩子昏迷時，寇奇總是用痛苦又疼痛的表情看著幼小的身體。

他將那一幕幕重疊到自己身上，那個孩子就是以前的他。

至今，男人後悔了嗎？

這似乎也並不是那麼重要了，擺在塔利尼家族的事之前，微渺不足道。

放下了嗎？

是的，他放下了。

最終，他們要毀滅這個世界，誰先死誰後死也不是那麼重要的事情了，死亡後靈魂渡過星河時，一路上將會變得前所未有地熱鬧吧。

在一片鬼魂中，或許他會再見到寇奇，還有總是微笑的母親，他們會在星河上相遇，更可能會一起攜手下地獄，無法回歸母星安眠。

取回家或身分什麼的，都已經無所謂了。

現在，他是「塔利尼」的頭腦。

〈黑影〉完

國家圖書館出版品預行編目資料

兔俠. 卷8／護玄 著.
——初版.——台北市：蓋亞文化，2016.12
面；公分. ——（悅讀館 ；RE308）

ISBN 978-986-319-255-8（平裝）

857.7　　105021834

悅讀館　RE308

兔俠 vol.8 深海母艦

作者／護玄
插畫／Roo　封面設計／克里斯
出版／蓋亞文化有限公司
地址◎ 台北市103赤峰街41巷7號1樓
電話◎（02）25585438　傳眞◎（02）25585439
部落格◎ gaeabooks.pixnet.net/blog
臉書◎ www.facebook.com/Gaeabooks
電子信箱◎ gaea@gaeabooks.com.tw
投稿信箱◎ editor@gaeabooks.com.tw
郵撥帳號◎ 19769541　戶名：蓋亞文化有限公司
法律顧問／宇達經貿法律事務所
總經銷／聯合發行股份有限公司
地址◎ 新北市新店區寶橋路二三五巷六弄六號二樓
電話◎（02）29178022　傳眞◎（02）29156275
港澳地區／一代匯集
地址◎ 九龍旺角塘尾道64號龍駒企業大廈10樓B&D室
電話◎（852）2783-8102　傳眞◎（852）2396-0050
初版一刷／2016年12月
定價／新台幣 240 元
Printed in Taiwan

ISBN／978-986-319-255-8

RE308
GAEA

兔俠 vol.8

蓋亞文化　讀者迴響

感謝您在茫茫書海中選擇了蓋亞，您的支持是我們最大的動力。
不要缺席喔，讓我們一起乘著夢想的羽翼，穿越時空遨遊天地！

姓名：　性別：□男□女　出生日期：　年　月　日
聯絡電話：　手機：
學歷：□小學□國中□高中□大學□研究所　職業：
E-mail：　（請正確填寫）
通訊地址：□□□
本書購自：　縣市　書店
何處得知本書消息：□逛書店□親友推薦□DM廣告□網路□雜誌報導
是否購買過蓋亞其他書籍：□是，書名：　□否，首次購買
購買本書的動機是：□封面很吸引人□書名取得很讚□喜歡作者□價格便宜□其他
是否參加過蓋亞所舉辦的活動：
□有，參加過　場　□無，因為
喜歡出版社製作什麼樣的贈品：
□書卡□文具用品□衣服□作者簽名□海報□無所謂□其他：
您對本書的意見：
◎內容／□滿意□尚可□待改進　◎編輯／□滿意□尚可□待改進
◎封面設計／□滿意□尚可□待改進　◎定價／□滿意□尚可□待改進
推薦好友，讓他們一起分享出版訊息，享有購書優惠
1.姓名：　e-mail：
2.姓名：　e-mail：
其他建議：

◎請沿虛線剪開、對摺、裝訂後寄出

◎請沿虛線剪開、對摺、裝訂後寄出

廣告回信　郵資免付
台北郵局登記證
台北廣字第675號

蓋亞文化有限公司　收

103 台北市赤峰街41巷7號1樓

GAEA

GAEA